エディ、あるいはアシュリー

キム・ソンジュン
古川綾子＝訳

AKISHOBO

エディ、あるいはアシュリー

目次

This book is published under the support of
Literature Translation Institute of Korea (LTI Korea).

レオニー

ペドロとレオニーは飛行機に乗りにいきます。ペドロはお兄ちゃん、レオニーはわたしの名前です。わたしたちは六歳のみずがめ座の双子です。ペドロのほうが五分早く生まれたけど、わたしが集めていたメンコと引き換えに、同じ時間に生まれたことにしようと決めました。一皿の煮物で長子の座を双子の弟のヤコブに譲った、聖書に出てくるエサウの話と同じと言ったところでしょうか。二番目で女の子のわたしには抜け目のないヤコブがぴったりです。どれも聖書の勉強をはじめた十二歳より大きくなってから知った話ですが、どっちにしても六歳のときに同時に生まれたことにしようと約束した——のだと、最初にお伝えしておきます。

わたしたち家族はもうすぐフィリピン旅行に出発します。お父さんのお母さんのお母さんが決めたルールで、世界中に散らばっている親戚が集まる五年に一度の時期が来るからです。五年という間隔がちょうどいいのだと、ひいおばあちゃんは言ったそうです。それよりしょっちゅうだと大変だし、五年以上会わないと血のつながりをすっかり忘れてしまうからって。フィリピンのほとんどの家族と同じように、うちの親戚も世界の色々なところで暮らしています。ひいおばあちゃんが大病をしてから、死ぬ前に子どもたちみんなと食事でもしたいと言うようになり、そのときに集まったのがきっかけだって話だったかな。ひいおばあちゃんは今も元気で、集まるのは今回で三回目になるそうです。

お父さんとお母さんは何ヵ月も前から心配ばかりしていました。

まずはなんといっても莫大な旅費でしょう。四人家族が半月フィリピンにいられるお金を用意するため、ふたりは言葉では言い表せないような苦労をしました。お父さんはフィリピンから遠く離れたチリに移住したので、これまで一度も集まりに参加できなかったそうです。だから十年以上もお金を貯めてきました。お休みをもらうのも一苦労だったけど、何年も真面目に働いてきたおかげで大丈夫になりました。

次の心配事はサンティアゴからマニラまで、六歳の双子を連れて二度も乗り継がなくてはならない三十七時間のフライトです。一時もじっとしていない双子をどうやっておとなしくさせるか、長旅で具合が悪くなりはしないか、駄々をこねるに決まっているのに、周りの乗客の視線にどう耐えるか、お母さんの悩みは尽きません。でも心配するのは大人だけ。わたしたちは〈飛行機に乗りにいく〉ことにすっかり浮かれていたので、〈乗る時間が長ければ長いほどいい〉という結論に至っていました。

わたしたちが通うひまわり幼稚園には、飛行機でバカンスに行ってきた子が三人います。

ゴンザレスはアメリカ、フリアナはスペイン、アドリアンはアルゼンチンだそうです。三人ともすごく得意がっていたので、みんなはうらやましいと思いながらも腹を立てずにはいられませんでした。お前たちは金がないから飛行機に乗れないんだ。そんなふうにアドリアンが言ったとき、わたしはあきれてしまいました。だって、そのとおりだから。当たり前の話を重大ニュースみたいに言うなんて、アドリアンは礼儀ってものをお勉強する必要がありそうです。ペドロとふたりで砂場に連れていって親切に〈礼儀〉を教えてあげると、アドリアンはわんわん泣きながら、こう叫ぶじゃありませんか。

「汚いフィリピーノ、国に帰れ！」

はい、そうするところです。今日わたしたちは出国します。何があっても五年に一度の集まりには行かなくちゃいけない、ひいおばあちゃんがいるのは最後になるかもしれないからとお父さんは強調していました。

お母さんはミンダナオ島の実家にも寄れるかもしれないという期待を胸に、お父さんと心をひとつにしてお金を貯めてきました。わたしたちはただ飛行機に乗るのがうれしかったです。アドリアンをぎゃふんと言わせるチャンスがやってきたんですから。

飛行機での話は省略します。最初のうちは楽しかったけど、すぐ退屈になったし、疲れて死にそうだったとだけ言っておきます。ペドロがパンツにうんちをした話は外せませんね。六歳なのにうんちを漏らすなんて、よっぽど緊張していたようです。

マニラに到着すると――。

ふう、ものすごく暑くてじめじめしています。空港に降り立った瞬間、びっくりしました。わたしたちが暮らすチリとは違って、ここの暑さは重くてじっとり濡《ぬ》れた布団をかぶっているみたいでした。あちこちから漂ってくる少し甘い食べ物のにおいも物めずらしかったです。いちばん不思議だったのは――当たり前だけど――ほとんどが東洋人だってことです。地元にはわたしたち家族しかアジア人がいなかったから。でもここはみんな似たような人ばっかりで気楽だし、不思議な気分にもなりました。

ペドロは風邪をひいてしまいました。わたしも少しぞくぞくします。飛行機のエアコンが強すぎたからでしょうか？　マニラの家に到着すると、すぐにカラマンシーの果汁を飲まされました。風邪の特効薬って言ってたかな。

じゃあ質問です。その風邪薬を、どうしてどの料理にも入れるんですか？　スープにも振りかけるし、肉料理や魚料理、どれからもカラマンシーの味がします。まずかったのかって？　おいしかったです。いつも食べている食事より甘かったけど、どれもおいしくて口に合いました。ただ、どの料理にも風邪薬を入れる理由が気になっただけです。

フィリピンの家は思っていたよりも広かったです。二階建てのがっしりしたレンガ造りで離れもあります。一度に建てたのではなく少しずつ増築していったので、ちょっと変わった雰囲気です。世界中に散らばっている子どもたちが送ってくれるお金のおかげで、家はぐんぐん育っているところです。丈夫な造りじゃなかったら破裂してしまったことでしょう。何十人もの人が出たり入ったりするうえに、離れを使ってもまだ部屋が足りなくて、おとなりまで借りる有様ですから。

どこに行っても人がわんさかしているので落ち着きません。今までお母さんとお父さんとペドロ、家族はこの三人がすべてだったのに、いきなり十倍以上の人がみんなして〈家族〉だと頭を撫《な》でたりキスをしたり大騒ぎ。知らない人に囲まれていると、ペドロと双子で本当にラッキーだという気になります。とにかくわたしはひとりではなく、ふたりなのですから。

洗車場のモップの手（ぐるんぐるんと回る大きなモップのことです。名前はわからないです）みたいに、あちこちから飛んでくる大人の手としばらくバトルをくり広げてから、ひいおばあちゃんにご挨拶《あいさつ》しに行きました。ひいおばあちゃんの話を耳にタコができるほど聞いていたわたしは、生きる聖女のような姿をイメージしていたのに、いざ会ってみたら泣くのを必死に我慢しなくてはなりませんでした。歯が抜け落ちてしぼんだ口は本当に怖かったです。ひいおばあちゃんは魚の映画に出てくる、卵を産みつくしてお腹がぺちゃんこになった雌の魚みたいでした。

目を合わせないように壁に貼られている家族写真を見つめました。この家をバックに大家族がにこにこ笑っています。となりの世界地図も目を引きました。ところどころ色が塗られているのは家族が移住した国の印だそうです。すごくないですか。この腰の曲がったお年寄りの体から生まれた子どもたちが、アフリカ以外の四大陸にいると考えてみてくださいよ！　マニラから一歩も出たことのないひいおばあちゃんにとって〈世界〉という言葉は〈子どもたちが住んでいるところ〉程度のものなのかもしれません。

「お前たちがジェイミーの子どもだね」

ひいおばあちゃんがじっと見下ろすと、怖がりのペドロはわっと泣き出しました。こんなに歳をとった人を見るのは、今日がはじめてだったからです。飛行機でうんちを漏らしたときのように、我慢しきれなくなって泣いちゃったのです。

ペドロが何かしでかすたびに、わたしはしっかりしていきます。礼儀正しくご挨拶したら、ひいおばあちゃんは頭を撫でてくれました。わたしに差しのべられた手は、神父さまの按手《あんしゅ》と同じくらい神聖なのだとお父さんが言っていました。世界のどこに行ったとしても、ひいおばあちゃんからの祝福が消えてなくなることはないだろうとも。

お父さんの言うことには間違いのほうが多かったけど、これは当たっているような気がします。六歳、十二歳、二十歳を過ぎ、そうやって徐々にこの時間から遠ざかってみると特に。

この家はまるで動物園みたいです。一種類だけ、つまり〈レイエス〉という名字の動物しかいないですけどね。

大人が食事の支度をしているあいだ、おばあちゃんが子どもたちにハロハロを出してくれました。ハロハロは甘酸っぱいかき氷みたいなもので、フィリピンにいる間に一日三回は食べていたと思います。マンゴー味が特においしいんです。

この人すごいなあと思ったのはひいおばあちゃんのお嫁さん、つまりわたしたちのおばあちゃんです。体は小さいのに、ものすごくパワフルです。キッチンで作られる料理の味つけを最後にチェックするのも、あとから来た人たちの部屋を決めるのも、右往左往する大人にふさわしい仕事を与えたり、必要なものを渡したりするのも、すべておばあちゃんの役目でした。あるときなんて口も利かずにしゅっしゅっと手だけを振り回していましたが、そのたびに大人たちは一糸乱れず動いていました。まるで指揮者みたいって言えばいいでしょうか。

フィリピンにいるあいだは食事を中心に一日が回っていきました。ご無沙汰《ぶさた》していた故郷の料理を日ごろの恨みでも晴らすかのようにみんな食べまくり、残りの時間はぶらぶらしながらおしゃべりして過ごしました。

六歳までの人生で、あんなにたくさんの料理が並べられているのを見たのははじめてでした（次にマニラに行った五年後は、ひいおばあちゃんが亡くなったせいか人も減ったし、料理も前回みたいじゃなかったんです）。目の前の食卓を見てください。酸っぱい魚のスープ、ココナッツビネガーとピーナッツオイルで和《あ》えた野菜料理、葉っぱとお花で鮮やかに彩られた子牛の丸焼き、てんこ盛りのパンシット・ビーフン、グリーンマンゴーを添えた豚バラの焼肉、あらゆる種類のアドボ……。甘く、しょっぱく、酸っぱく、おいしい料理が至るところに並べられていました。

最初のうちは伝統的なメニューだったけど、おばあちゃんの料理は日を追うごとに奇妙な方向に変化していきました。料理のことならいつでも実験する準備万端なおばあちゃんは、親戚が持ってきた香辛料を活用して、ちょっと変わった料理を披露するようになったのですが、突拍子もない味のときもあったけど、成功したメニューのほうが多かったです。国籍不明の料理はこの家を象徴しているようでした。トルコからやってきたサフラン、メキシコからやってきたサルサ、インドからやってきたカレー、韓国からやってきたコチュジャンといった、ありとあらゆる調味料やソースが料理にかりだされて、みんなの口を通って胃のなかへと入っていきました。そんな食べ物がお腹にたまっていけばいくほど、親戚たちはずっと前から一緒にフィリピンに住んでいた大家族のように仲良くなっていったんです。

おじいちゃんは、普段はいてもいなくても変わらない存在でしたが、みんなでお酒を飲んでいるときは違いました。おばあちゃんは、「若いときは女遊び、歳をとってからはテレビの前を陣取って酒ばかり飲むこと、それがあの人の特技」と言っていましたが、おじいちゃんの本当の特技は歌でした。陽気な歌も、ものさびしい歌も上手で、おじいちゃんが哀愁のある声で歌うと、家族たちは一緒に歌いながら涙を流しました。

そしてそのうちみんなが立ち上がって踊りだし、ダンスパーティーになったものでした。ひいおばあちゃんは車椅子から少しのあいだだけ立ち上がってすぐに座っていましたが、わたしはそれを〈ひいおばあちゃんのダンス〉だと思いました。毎日がパーティー、フィリピンでの最初の一週間はそんな感じでした。

ペドロはフィリピンの水が合わなくてお腹を下していて、部屋の隅でずっとぐったりしていました。お母さんは、ちゃんとお兄ちゃんの面倒を見てやりなさいと言いましたが、わたしもペドロも同じ六歳です。六歳が六歳を世話するなんてどうすればいいのでしょう？　お母さんも本気で言っているわけじゃなさそうです。だからペドロは放っておいて、ひとりでぶらぶらすることにしました。

そうしていると、大の仲良しができました。〈デンマークおじさん〉こと、クリスティアンです。なんでデンマークおじさんなのかっていうと、「デンマークではね」「デンマークは本当におかしい」「こうしていたらデンマークのことを思い出すよ」とか、何かというとデンマーク、デンマークって言ってばっかりだから。まるで歌のサビみたいに。

デンマークおじさんは一族のなかでいちばん勉強した人で、ひとりだけヨーロッパから来ていました。なんだっけ、博士さま、だそうです。学位がひとつではもの足りなくて、ふたつも取ったそうです。おじさんの話はほんとうにおもしろいです。話がとても上手な人に会うと、感動したり、わくわくしたりするでしょう？　おじさんはまさにそんな人です。

「人間は環境に支配される動物だとは思わないかい？　アラスカにいる人とナイジェリアにいる人が同じなわけないし、羊を飼っている人と、サトウキビを刈る人が同じなわけない。気候や社会、文化や環境は当然個人に影響を与えているんだ。だから、同じ国の人がみんな同じだとは限らないけど、遠いところから、とっても遠いところから見てみると、同じように見えてくる。僕はしばらく中世を研究していたんだけどね、ずっと勉強していると、千年のあいだに生きたたくさんの人が、ひとりの人間のように思えてきたよ」

おじさんは、中世についての興味をそそられる研究をたくさん話してくれました。難しい言葉を使っていましたが、説明がとても上手だったので頭のなかに丸ごとすっと入ってくるようです。だけど、今はそんな話をしている場合じゃないんじゃない？

外国に移り住んだ親戚たちの武勇伝がはじまると、デンマークおじさんの話はかき消されてしまいました。病気になった、詐欺に遭った、パスポートを盗まれた、食事が口に合わなかった、殴られた、金を受け取れなかった、言葉が通じなくて苦労という苦労を全部経験した……だれがいちばん大変だったか、勝ち負けを競っているようでした。そうこうしていると、オーストラリアがいいとか、日本がいいとか、カナダの給料がいいらしいとかいった情報が飛び交いはじめました。何の仕事をしていくら稼いだ、慣れるまで何年かかった、そんな話がずっと続いていました。

わたしの新しい仲良しは家族たちから尊敬はされていましたが、愛されてはいないようです。だからなのか、大人たちの輪のなかに入れないおじさんはわたしとばかり遊んでいました。わたしは、おじさんのような賢い人が大好きです。おじさんはそれから八年後に突然亡くなってしまいましたが、それまでは誕生日プレゼントとクリスマスカードを毎年送ってくれていました。わたしがデンマークの大学に通うことになったのも、おじさんのこんな心遣いのおかげでした。

おじさんと仲良く遊んでいると、通りかかっただれかがこう言いました。「家族に苦労をかけて勉強したんだから出世しないと。結婚もできないうえに稼ぎも少ないなんて」。お金、大人たちにとっては重要なものです。「お金があったら尊敬されて、なければ見下される。これは万国共通の法則だよ」と言いながら、デンマークおじさんはため息をつきました。

「俺が007みたいなアタッシュケースひとつでキューバに行ったとき……」

アメリカから来たホセおじさんの演説がはじまると、みんながぐっと聞き入ります。英語ができる人が国を出て、最終的に根を下ろしたいと思っているのはやっぱりアメリカです。そこで成功したおじさんが話しはじめたので、みんな目を輝かせています。実のところわたしはもう二回も聞いていますが、ホセおじさんのサクセス・ストーリーはまるでドラマのようなので、何回聞いてもまた聞きたくなります。

ホセおじさんは五つほどの国を渡り歩いた結果、成功を手に入れた人です。タイとマレーシアと、あとメキシコにも少し住んでいて、キューバに渡るときにメガネがたくさん入ったカバンを持っていったそうです。当時のキューバはアメリカから経済を封鎖されていたので、物資はなんでも貴重で、メガネはどんなに高くても売れたということでした。三回不渡りを出して、四回詐欺にひっかかったけれども、おじさんはついにはアメリカで社長になるという成功を収めました。ガソリンスタンドを三つも持っているんです。ふたつの学位より、親戚たちから尊敬される偉業です。

「経験を積まないうちにビジネスをはじめようとするやつは、金で経験を買おうとするだろ。そんなことをしたら悪いやつにだまされる。だけどそれを自分のものにすれば、持ってかれた金は授業料ってことになるんだよ」

ホセおじさんの話にみんながうなずきます。親戚ではあるものの、英雄の話を聞いているといった感じでしょうか。なんとおじさんはこの家で寝泊まりしてはいません。市街地の高級ホテルに泊まっていて、夕食の時間になるとたまにやってくるのです。そのたびに親戚たちはおじさんを囲んでゴマをすります。

四日目の夕食にはレチョンが登場しました。レチョンというのは、子豚の丸焼きです。頭からしっぽまで丸ごと大きなトレイにのせられているのを見ると、みんなは歓声を上げたり、口笛を吹いたりしました。悲鳴を上げたのはわたしだけです。

「ちょっと、これって、庭にいたピギーでしょ？　わたしが名前までつけて遊んでいたのに！」

みんなは、わははと笑いながら、見るからにぞっとする包丁でピギーを切り分けはじめました。こんな残酷なことが！　何日間かいろいろなバーベキューが食卓に上るのを見たけれど、まさか育てていた豚まで捕まえて食べるとは思いませんでした。すると、大人たちがなんて言ったと思います？〈もともと〉食べるつもりで飼っていた。こう言ったんです。わたしが世界でいちばん嫌いな言葉が〈もともと〉です。大人たちはその言葉をこん棒のように振りかざし、子どもたちがそれ以上何も言えないようにねじ伏せるんです。でも、今回ばかりはあんまりです。ぜったい、ぜったいに許せません！

わたしを慰めてくれたのは、やはりデンマークおじさんです。おぞましい皿を目の前から片づけて、泣いているわたしを庭に連れていってくれました。それから星を指差しながら、星座にまつわる話をあれこれと教えてくれました。気を紛らわせてくれるためだとわかっていても、おじさんの話がおもしろいのでまたも話に引きこまれました。

ひとしきり泣いたので力が出ません。それで、ペドロのところへ行くと言って家の中に入りました。

部屋を間違えたみたいです。似たような造りの部屋ですが、ペドロはいませんでした。ピギーがどんな目に遭ったのか伝えたかったのに。そのまま部屋から出ようとしたら、変な声が聞こえたので立ち止まりました。その声はカバが荒い息をしているようにも、猫が鳴き立てているようにも聞こえました。ある種の予感が、見つかったらまずいという予感が稲妻のように頭のなかを走り抜けて、洋服ダンスと床のあいだにもぐりこみました。わたしはいつも勘がいいのです。

「……こんなのいけないわ」

「でも、レナ、ずっとこの瞬間を思い描いてきたんだ。夢のなかできみは大西洋を飛び越えて、靴もはかずに部屋の前に立っていた。ドアを開けると同時に僕の胸に飛び込んできて、朝露が消えだすまで抱き合っていたんだ。そうやって五年間ずっと一緒だった」

「わたしたちは罪人《つみびと》ね。天罰が下るわ」

その言葉を聞くと男はぎゅっと女を抱きしめました。いったいだれがこんな映画のセリフみたいなことを言っているんでしょう?

ついに男女はベッドから起き上がり、一枚、また一枚と服を着て出ていきました。月明かりに彼らの顔がちらっと見えました。ふたりが行ってしまった後、もう少しその場にいてからそっとドアを開けて出ていくと、だれかがわたしの前に立ちふさがりました。

アンジェラおばさんです。カナダで美容の仕事をしているおばさん。わたしを柱に荒々しく押しつけると、低い声で訊《き》いてきました。

「あんた、あの部屋から出てきたの?」

うなずくしかありません。

「何か見たでしょ?」

頭に浮かんだ内容をそのまま話すしかありません。これは言葉を使いこなせるようになって間もない子どもの運命です。いまよりもずっと幼かったころ、わたしはしょっちゅう吐きました。お母さんが言うには、乳児は食道と胃がまっすぐつながっているから、ちょっとしたことで吐くのだそうです。覚えてはいませんが、吐きながら恥ずかしかったはずです。羞恥心《しゅうち》とはそんなものです。弱い姿をありのままに見せるしかない無力さ。わたしをにらみつけるおばさんの前で、ぺらぺらと秘密を話してしまうのが本当に嫌でした。

「はっきり言いなさい。あの部屋からうちの人が出てくるのを見たの? どうなの!」

「……見ました」

「ほかにだれがいたの?」

「レナおばさん」

これですからね。脅すように問いつめてくる人に本当のことしか言えなくなってしまうなんて。でも、食道と胃が一直線になっているのと同じで、心と口もまっすぐにつながっているんだからしかたありません。

わたしの言葉におばさんは凍りつきました。後日わかったことですが、レナおばさんとピオロおじさんは、ふたりが十代だったころから禁じられた関係に溺《おぼ》れていたそうです。それぞれ別の大陸で家庭をもつふたりがこんな真似をしていたなんて、だれも知らなかったことでしょう。おばさんは冷凍庫にできた霜みたいに、鋭く冷たい氷になってしまいました。

外からみんなの大きな笑い声が聞こえてくると、やっとおばさんは我に返りました。それからそっと門を開けて外に出ると、フィリピンというもっと大きな円からも出ていってしまいました。カナダにある自分の家にも帰りませんでした。こんなふうにしてアンジェラおばさんは、レイエス家から永遠に去ってしまいました。こうした秘密のすべては、わたしが大人になってから知った事実ですが。

次の日のお昼になると、だれもがとっておきの服に着替えました。庭に集まって家族写真を撮ることにしたのです。これでひいおばあちゃんの後ろに掛けてある五年前の写真は、今日撮ったものに替えられることでしょう。地図に新しい旗が刺されるように、別の色で塗られる国が増えるはずです。

わたしは蝶々の絵柄の黄色いワンピースを着て、髪をリボンで結び、ペドロは白いシャツに紺色の半ズボンでおめかしをしました。ペドロはにこにこと微笑みながら、わたしたちより二、三歳上のいとこたちのうしろをついて回っています。以前からそうだったし、これからもずっと続く謎のひとつがこれなんです。はじめて会った人たちは、たいていわたしよりもペドロのほうを好きになります。なぜでしょう？　わたしのほうが話すのが上手だし手がかからないのに、いつもペドロのほうがずっと人気があるんです。いまもペドロは子どもたちのグループと仲良く過ごしていますが、わたしはデンマークおじさんみたいにぱっとしない大人と遊んでますよね。

写真を撮り終わって、庭でデンマークおじさんとおもちゃを作っていると、黒い服を着た男性がひとり、門から入ってきました。

この男性を見たみんなは驚きの表情を浮かべています。まるで幽霊が戻ってきたみたいに。わたしが「タトゥーおじさん」と呼ぶことになる彼は、遠くからでもひときわ目を引く存在感を放っていました。タトゥーおじさんにはだれもが目を奪われてしまうんです。まずすごくハンサムです。六歳までの人生で、あんなに美しい男性を見たのははじめてです。髪もものすごく長いし。

しかも、服から出ている顔以外の部分はすべてタトゥーに覆われていました。何してたんだか今ごろやってきてと、おばあちゃんは駆け寄って首もとに抱きつくと、泣いているのか怒っているのかわからないようすでまくし立てました。おじさんはそのあいだも黙ったままでした。黒いタンクトップに長ズボンという格好のおじさんの頭上にだけ、どんよりとした雲が漂っているようで、とても話しかけられる雰囲気ではありませんでした。

おばあちゃんが食事の準備をするために家のなかへ戻っていくと、残された人たちはおじさんのほうをちらっと見るだけで、だれも話しかけようとはしませんでした。だからこそ変わり者好きのわたしの出番なのです。ぺこりと頭を下げると、右腕のタトゥーを指差して尋ねました。

「こんにちは、これなに？」

「だれかの名前」

「それってだれの？」

おじさんはわたしをまじまじと見つめていたけれど、「これは俺にとって、罪を告白して赦《ゆる》しを求める告解室なんだ」とつぶやくような声で教えてくれました。それって神父さまが入っている木でできた洋服ダンスのこと？　大人たちは不思議なことばっかり言うけれど、そのなかでもずば抜けておかしな話でしょ。

タトゥーおじさんがテーブルにつくと、日本に住んでいるルイーザおばさんとうちのお父さん、そしてデンマークおじさんがとなりに座りました。それぞれ別の大陸で生きてきた三兄妹がひとつの食卓を囲んだ瞬間ですね。身内のなかでも肉親と呼べる存在という感じでしょうか。タトゥーおじさんが食事をしているあいだに、みんな子どものころのエピソードを次々と話し出しました。あっという間にこの家で過ごした十代のころに戻り、兄妹で仲睦まじく自分たちだけが知っている思い出話に花を咲かせました。目にする世界といったら、小さなこの町がすべてだったころに戻って。

「男の子たちの話題といったら、アルコールとチックスばっかりでうんざりだった。兄さんたちの話の輪から抜けたかったもん」

わたしは我慢できずに〈チックス〉がなんのことか訊いてみました。「大人の話に入ってくるんじゃない」。もう百万回は聞いたことがあるお父さんお決まりの叱《しか》り文句です。するとおばさんが〈若い女の子〉のことだとこっそり教えてくれたんです。

ルイーザおばさんの武器は強力なせせら笑いでした。どんなに強いメンタルの持ち主でも、おばさんのせせら笑いを聞いたらそれ以上話を続けられなくなってしまうのです。その笑いは〈お前はくだらないし、お前の言うことも全部嘘っぱちだ〉というメッセージみたいなものなんだとお父さんは言いました。

ルイーザおばさんは親戚のなかで〈嘘っぱち鑑定士〉という不動の地位を築いています。だれかが偉そうな態度をとったり、言いがかりをつけるような素振りでも見せたりしようものなら、容赦ない言い方で相手の鼻をへし折ってしまうのです。ルイーザおばさんもデンマークおじさんと同じくらい話が上手なのですが、ふたりに違いがあるとしたらおばさんの話にはみんなが耳を傾けるという点です。

お金持ちになったホセおじさんは、ルイーザおばさんがいち早く結婚して家庭に入ってしまったことをいつまでも残念がっていました。はじめてフィリピンを発とうとしたときにいとこのルイーザおばさんと一緒に行こうとしていたのに、直前に妊娠がわかってしまい怒り狂っていたそうです。ホセおじさんは道を踏み外しそうになったときにおばさんの言葉で目を覚ましたことが何度もあり、だれよりもおばさんを信頼していたんだそうです。今からでもアメリカに来いよと誘っても、ルイーザおばさんは「もうそんな気力は残っちゃいないわ」と言って苦笑いを浮かべました。

おばさんは自分自身の話となるといっそう辛口になるんですよね。わたしには結婚なんてするんじゃないと言いました。これから体も変化していくけど、しっかり錠を下ろしてぜったい男に見せるんじゃないよ、とも。

「どういうこと?」

「いいのよ。大人になればわかるから。おチビちゃんはきっと幸せに成長するはず。お父さんもお母さんも素直で正直だし勇気だってあるでしょ。とんだおバカさんじゃないってこと。お母さんとちょっと話しただけでわかったんだから」

そんなことはありませんでした。〈素直で正直で勇気もあって、とんだおバカさんでもない〉うちの家族は、十五年後にそれぞれの運命に向かって離ればなれになったんですから。お母さんはお父さんと離婚して、わたしとペドロもある出来事をきっかけに二度と顔を合わせることもない関係になってしまいました。四角形の四辺がそれぞれ別の方向に向かうように、うちの家族はお互いを傷つけたまま次の人生へと、叶《かな》う見込みのない希望を抱えて進んでいくことになるのです。別れの瞬間にはマニラで過ごした数々の夜も無力でした。幸せな瞬間よりもそうでない瞬間のほうがはるかに強い力を持つのだと、十代のうちに知ることになりました。

マニラでの最後の晩餐《ばんさん》を囲む夜、おばあちゃんは家族の木と呼ばれている庭の木の下に家じゅうのテーブルを引っ張り出してきて、細長いダイニングテーブルを作りました。そして帰ってこられなかった家族の分まで席を用意して食器を並べておきました。そうしておくだけでも、彼らの一部がここにいるとでもいうように。

華やかなクロスがかけられたテーブルには料理という料理が所狭しと並べられ、グラスというグラスは満たされ、思い出という思い出が次々と呼び起こされました。食べながらまた別の食べ物の話をするのは、最後の日も変わらずこれまでどおりです。めずらしい料理の話といったらやっぱり中華料理がナンバーワンですね。その場の会話は中国に住む大おじさんのひとり勝ちです。

「俺が住んでる山東省《さんとうしょう》ではサソリも食べるんだ」

「サソリ？　毒はどうするの？」

「粗塩をすり込みながら尻尾の毒を抜くんだよ。カリッと揚げれば魚より百倍もうまいんだ」

　そのほかにもヘビの胆嚢《たんのう》、ラクダのひづめ、亀の子や臭豆腐がどんな味なのかも詳しく説明していました。こういう話をいちばん熱心に聞いていたのはおばあちゃんです。ひとつ決めていることがあるのだと打ち明けられたのですが、ひいおばあちゃんが亡くなったあとはルイーザおばさんの住む日本を手始めに、世界一周の旅に出かけるつもりなんだそうです。もちろん親戚の家にだけ寝泊まりしながらです。やっぱりおばあちゃんは肝が据わっていて、さすがです。

「壁に貼ってある地図だけ、はがして持ってってたらいいのよね！」

「もちろんです。お義姉《ねえ》さんは身一つで来てくれさえすれば、あとのことはいくらでもお世話しますから」

　酔っぱらった大おじさんが調子に乗って見栄を張ります。いつでも来てください、大歓迎ですと、あちこちで招待の声が飛び交います。家族の食事の世話だけして生きるには、うちのおばあちゃんは器が大きすぎるのです。そんなおばあちゃんの子どもや孫たちだからこそ、生まれ育った国を離れ、遠い異国で暮らしているのかもしれませんね。

「こうして集まって食事をするだけでも大したものなんだよ。ここにいるみんなが成功者ってことさ」

おじいちゃんがいつになく重みのある言葉を口にしました。みんなしきりにうなずきます。五年に一度のこの集まりに参加しただけでも成功した移民と言えるのです。来られなかった人たちに比べればですけどね。暮らしている国ではまた清掃員やタクシー運転手、メイドに戻るとしても、おばあちゃんの食卓を囲んでいるこの瞬間は、成功した人生に浸っていられるのです。

自画自賛が終わると、それまで言えなかった思いの数々があふれ出てきました。「外国人の妻とは、もうすぐ別れるよ」「いつまでも肉体労働はできないし……」「子どもたちが麻薬をやってるようで」「やっぱりフィリピンに帰ろうかと思うよ」。だれかは泣き、だれかは代わりに腹を立ててやり、だれかは自分のいる国に来いと勇ましいことを言いました。ホセおじさんはすでにアメリカに帰ったのでこの場にいません。おかしなもので、ホセおじさんがいないとみんな気軽に本音を打ち明けるようです。

やがてギターが登場します。ギターの音色に合わせて、フィリピンの人たちがもっとも得意とする〈歌とダンス〉を楽しみながら最後の夜を過ごしました。タトゥーおじさんが、あんなにギターが上手だなんてだれも思わなかったでしょう。おじさんはまさに素敵な要素だけでできている男性だと思います。それ以来わたしの恋愛が一筋縄ではいかないのは、ひとえにタトゥーおじさんのせいです。かっこよくて、陰があって、ギターまで上手な男との恋はハッピーエンドにはならないんですよ。それはさておき、

わたしは奇妙な現実の内と外を行ったり来たりしています。まるで水槽の魚を見るように、外側からレイエス家の人々を眺めるのです。巨人みたいに大きくなった体で、割れた卵のなかを見つめます。優しい親戚たちに囲まれて座っている、黄色いワンピースのレオニー。わたしはしきりに大きくなりながら年齢を重ねていきます。十二歳のレオニー、二十歳のレオニー、三十四歳のレオニー、そしてこれから出会う四十七歳と七十五歳まで……わたしを通過していくたくさんのレオニーが永遠に懐かしむ、マニラの夜を見つめます。

その夜が教えてくれたのは、世界は広く、その大いなる世界にわたしの知っている人たちがいるという事実です。それはたくさんの勇気を与えてくれます。とうてい勇気を出せないときにも心を慰めてくれます。最悪の場合には、家族の木があるこの食卓に戻ればいいという思いがあるからこそ、わたしは多くの国をさすらうようになるのです。

晩餐の終わりは記憶にありません。うとうとしていたら家のなかに運ばれて、目が覚めたときにはすっかり終わっていたのです。

窓から庭を見ると、お皿が積み上げられたテーブルは難破船のようでした。端のほうに

は、眠りの海に沈まなかった人たちが何人か座っています。だれかしら？　ひそひそと低い声で話をしているけれど、姿はよく見えませんね。

背後には、家族の眠りがぶ厚く垂れこめています。〈同じ川に二度入ることはできない〉。デンマークおじさんが好んで口にする言葉です。そうです。その夜を織りなす大家族の眠り。彼らの深い息遣いは、二度と入ることのできない川のようなものでしょう。みんなの胃をまんべんなく満たした食べ物は、その体に一斉に胆汁を分泌させるはずです。体内に同じ褐色の胆汁を持つ人びとが、それぞれの夢と疲労を抱えて寝返りを打つのでしょう。

ふいに泣きそうになって、となりに寝ているお父さんを揺り起こしました。

「お父さん」

するとまだ寝つけずにいたのか、お父さんは目を開けたままわたしのほうへ向き直りました。

「明日、お母さんの家に寄ってからチリに帰るんだよね？」

「そうだよ」

「五年したらまた戻ってくるの？」

「そりゃそうさ。そのために父さんは頑張って働くよ」

「五年後ここに戻るために、遠くの国で働くの？」

彼の人生は謎です。五年ごとの集まりを何度かくり返したころには、すでに中年期を過ぎてしまっているのです。その人生ってなんなのですか？　そんな苦労までして、マニラで何が得られるというのですか？

もちろん、こんな言葉をかけられるのはもっと大きくなってからのことです。だからそのとき訊いたのは「ずっとここにいちゃだめなの？」ぐらいだったでしょう。会う人会う人かわいがってくれて、わたしだけじゃなくて全員が学校の夏休みみたいで、この家を離れたくなかったのです。

お父さんの答えは覚えていません。「フィリピンには働くところがないんだよ」。そんな話をして聞かせようにも、わたしはあまりに幼かったから。働き口を求めて地球の裏側まで行ったお父さん。そこでつくった家族を連れて帰郷して、うれしくてたまらないようすのお父さん。チリではまた、双子を養うために身を粉にして働くお父さん。そのせいで早くから老け込んでしまったお父さん。

帰る途中に見た両親の表情は、灯りが消えた夜の飛行機のようでした。数万フィートの上空に浮かんでいるのに、だれにも気づかれない夜の飛行機。移民の人生はしんどいことばかりですから。

レイエス家の人びとは、そのときになればまたマニラに向けて飛んでくるでしょう。北米と南米とヨーロッパとアジアから、今わたしが寝ているこの家に向かって。その光景を思い浮かべてみました。それぞれの地を飛び立った親戚たちが空から一斉に布を広げたら、地球が半分くらい覆われそうな勢いだったんです。あんまり広大で途方もないので、想像のなかとはいえさっさと片づけてしまいましたけどね。

でも今は、六歳のレオニーがマニラの家で過ごす最後の夜です。大家族のみんなが眠りについたころ、通りを行くタホ売り[1]の〈タホー、タホー〉の声が路地に長く漂います。わたしはその声に耳を澄まします。ずっと先、だれより孤独な人になったときに思い浮かべる声になるとも知らずに。

1 タホ売り　「タホ」は柔らかく温かい豆腐に、サゴという澱粉の粒と黒蜜を加えたスイーツ。天秤棒をかついだ行商人が早朝の街を売り歩く。

エディ、
あるいは
アシュリー

十二歳の誕生日が近づくと、ひとつの望みを抱くようになった。誕生日が来れば元に戻るはずだ。日曜日ごとに会いにいっている神さまが、この混乱を消し去ってくださるはずだと。望みが叶《かな》うどころか睡魔が枯死してしまった。十二歳以降、一度も不眠症から抜け出したことはない。

でも神さまは人知を超えた不思議な方だ。この体の代わりに世界を変えてしまったのだから。時間が停止していた百年の間、地球にはありとあらゆることが起こり、人びとは混乱に陥ったけれど、自分はこんなふうに思った。この時間は神さまが用意してくださった新しいエデンだと。百年にわたって思い残すことなくクエスチョニングを楽しめた。つまり神さまは不完全な身体と、質問する百年を自分のために与えてくださったのだ。

体と魂がなんかしっくりこないと思うようになったのは、いつからだっただろう。両親を観察した。彼らを探ればDNAの秘密が解き明かされるとでもいうように。ふたりとも自分と同じような経験をした人には見えなかった。父は〈お父さん〉といえば、ほとんどの人が思い浮かべるような典型的なタイプだ。口数は少なめ、家族を扶養する家長という本分に安堵《あんど》し、内面のほとんどを母に頼っている人、そんな自身に対して自負心と嫌気を同時に感じている人だった。母は温かく、さっぱりしていた。専業主婦だったが家事はおざなりだった。彼女の主な仕事は、自分と一緒に遊ぶことだったから。体が弱かった母は産後ますます虚弱になり、普通の人の半分ほどしか体力がなかった。

幸せの扉は十二歳の頃から少しずつ閉まりはじめ、母が亡くなった十七歳で完全に閉じてしまった。絶望に陥った父と自分の混乱だけが残されたのだから。いや、それは混乱というより、むしろ〈確信〉と呼ぶべきものだった。子ども時代の扉は閉ざされ、大人への扉はまだ開かれておらず、地球上でもっとも寂しい青少年期を送るしかない十代のトランスジェンダー。その時期の不安は、どんな言葉を使っても言い表せないだろう。

体はすさまじい勢いで成長しているところだった。特に末端部分が顕著だった。眉骨《びこつ》、顎《あご》、手足の指、肩が、誰かに引っつかまれて伸ばされてでもいるみたいに、ごつごつと節くれ立っていた。不思議の国のアリスのように大きくなる体をなすすべもなく見ていたら怖くなった。このままだと大変なことになる、取り返しがつかなくなるだろう。どうしたらいい？　母が病と最後の死闘をくり広げていた頃、精神的な重圧に耐えかねた自分は衝動に駆られて告白してしまった。

「ママ、僕は息子じゃなくて娘なのかもしれない」

　打ち明けたそばから後悔が押し寄せてきた。どうして人間は最後の瞬間が迫ると、真実を吐露するようになるのだろう？　母が闘病生活の終盤を迎えているというのに、その荷をさらに重くするようなことをしてしまった。

「知ってたよ」

　驚くのは母じゃなくて自分のほうだった。

「今ごろ気づいたの？」

　母は点滴の針が刺さった手をつらそうに持ち上げて顔を撫《な》でてくれた。首を半分ほど覆う長い髪、きれいに整えた眉毛、コンシーラーで隠しているニキビの跡、リップグロスを塗った唇。制服のズボンと男の肉体に秘められた魂の顔立ちを手探りするかのように。片頬にだけできるえくぼを、母は指でぎゅっと押した。

「母親っていうのがどんな存在なのかわかってないのね……。私があなたよりもあなたについてよく知ってるのは、別にびっくりすることでもないのに」

　大きく手に負えない問題ほどぺちゃんこに潰して、当座をしのげるようにしておくほうがいいのだと母は諭してくれた。

「さて、エディ。こう呼ばれたいなって思う名前はあるの？」

「アシュリー」

本当はそんな名前、考えたこともなかった。〈自分は男じゃないらしい〉という認識は、〈どうも女性のようだ〉とは直結していなかったからだ。それなのに訊《き》かれたら口をついて出た。アシュリーは子どもの頃にかわいがって大切にしていたぬいぐるみだ。柔らかくて、ふわふわしていて、あらゆる面が曲線でできている、愛らしいウサギのぬいぐるみ。

「じゃあ、アシュリー。簡単ではないだろうけど問題をひとつずつ解いてみましょう。まずはママの健康。もう治る見込みはない。入院したときに、これが最後だなって直感したの。やりたいように生きてきたほうだから、人生にこれといった未練はない。ただ、あなたが……。二歳だったあなたをお風呂に入れてたとき、落っことして一大事になるところだったって知ってた？　火傷の危機もあった。失敗だらけのママだったのに傷ひとつなく育ったなんて、あなたは奇跡ね」

母は、あなたは奇跡だと言った。自分では怪物だと思っているというのに。

「死期が迫ると、子どもの不眠症が何よりも気になってね。あなたがマイノリティに属しているのは大きな問題でも、誤りでもない。ママは以前からこういう瞬間が来るだろうって予感していた。小さいときのあなたは食に興味がない代わりに、よく寝る体質だったのに、いつからか不眠症になっちゃったでしょう。そこはママに似たみたいね。私も生涯、睡眠導入剤にはお世話になってきたから」

母はしんどいのか、ゆっくり大きく息をした。そして用意していた言葉をすべて吐露するほどの気力は残っていないから、実務的な要件から切り出そうとする人のように語調を改めると話を続けた。プレゼントがしまってある引き出しについてだった。

「ほかは大したことないんだけど、いちばん下に通帳が入ってる。万が一……手術しなきゃって気になったら、苦労してお金を貯める必要はないから。手術費のために学校を辞めたり、やりたいことをあきらめたりするんじゃないって意味よ。ママは、あなたが生きたいように生きてくれたらと思ってる。ぐっすり寝て、恋人もできて、その恋人と喧嘩《けんか》したりもする、そんな人生をね」

数年後に死の消滅した世界が訪れると、先に逝《い》った母のような人たちは羨望《せんぼう》の対象になった。彼らにはそれぞれ与えられた生を全うし、最期のページを閉じる権利もあった。残された人間たちは、それができなくなった。

故郷からもっとも遠く離れた都市を選んで大学に進学し、卒業後もその地に留まった。父にはバックパッカーをしているとうまくごまかしたが、ある意味とても遠くへ向かう、一度発ったら二度と戻れない旅の最中だった。

髪を伸ばし、ホルモン剤を投与した。

アシュリーをインキュベートしているところだった。同時に内在する魂が本当にアシュリーで合っているのか確認する必要があった。自分は女性なのだと確信できれば、性自認を確かめる過程もすぐに終わっていたはずだ。でも自分の欲望はぼんやりしていたり、はっきりしないところがあった。苦しさに耐えかねて牧師に相談を求めたのは失敗だった。

「神さまは、こうあってほしいと願う姿のとおりに、正しくあなたを作られたのです」

牧師はこんなふうに話を切り出した。その言葉に込められた意味がわからず、面食らった顔で彼を見つめた。今この状態が神の望む姿ってこと？　牧師は微笑んでみせた。すべてを包容するその表情は、教会に通う人びとが愛する、彼の象徴ともいえる微笑みだった。

「人間を男や女に作られたでしょう。それは遺伝的に決定されたものです。生理学であり、科学であり、現実です。生物学的に決定された生まれつきの性別が自分に合っていないのではという考えは、神を冒瀆《ぼうとく》する文化の産物です」

慌てて彼の言葉をさえぎった。

「でも私は文化の産物だからではなく、実際にそうなんです。男なのか女なのか、どちらにも百パーセントの確信が持てないのです。だから女になることに不安を感じています。牧師さまの目に、私はどう見えますか？　私のような人間に、神はなんとおっしゃるでしょうか？」

「性転換手術は、神が作られたあなたの姿に終止符を打つことを意味します。性転換を行えば家庭を築くこともできなくなりますし、未来も、帰属意識もなくなります。簡単にいうと存在を止めるわけです。神からいただいた性別を変えるというなら、それはあのお方の絶対主権に挑戦する行為になるでしょう」

政治的にも社会的にも革新派に分類されている牧師が〈宣告〉を下していた。学校の長期休みのたびに欠かさず礼拝を捧げ、死に物狂いで神にすがりついている自分が反逆罪を犯しているというではないか。

「では私のような人たちは? 神さまはなぜ、こんなふうに生まれさせたのでしょう? 最初からこういうふうに生まれてきたのに、牧師さまは目の前にまぎれもなく存在している私を、まるでこの世にいもしない人間のようにおっしゃるんですね」

「天地創造の時期、遺伝子は完璧《かんぺき》でした。目に見える世界が終われば、ふたたび神の時間がやってきます。福音を拒む者には永遠の分離が待っているでしょう。性転換を敢行するとなると、あなたは滅亡の王であるサタンが辿《たど》った運命のように破滅するしかありません。誘惑に打ち勝たなければなりません」

「誘惑ではなくて真実なのです!」

「もう一度申し上げますが、神さまは、こうあってほしいと願う姿のとおりに、あなたを作られました」

静かに教会を後にした。そして考えた。娼婦や徴税人もとなりに座らせたイエス・キリストが自分の流す涙を目にしていたなら、三つめの席に呼んでくれたはずだと。もう教会に通うことはないけれど、今も神の存在は信じている。

切実だったから、祈りが必要な人間だったから、夜ごと不眠の悪夢で闇を眺めるしかない状態だったから神が必要だった。祈りの目的語としての神が。この宇宙でもっとも神を求めているのは、自分のような人間、祈るべきことがたくさん起こる人たちだ。

睾丸《こうがん》の摘出手術をするか悩んでいるとき、父から彼女ができて異母きょうだいを妊娠したと伝えられた。ざわつく心でお祝いの電話をかけると、父は喜びを隠さずに弾む声で応えた。どうせ今のこの姿は見せられもしないのだが、二度目の人生に進んでいく父もわざわざ会おうとはしなかった。

彼にはなんの問題もない子どもができるだろう。いつか孫を抱く機会もあるだろう。ひとりっ子の自分が遺伝子を受け渡す生殖器を使えなくしてしまおうかと計画していたとき、何も知らない父は生物学的な危機をうまく切り抜けていたというわけだ。異母きょうだいの存在は孤立感を確かなものにしたが、その一方で解放感ももたらした。

鏡に映る顔から男性らしさがある程度抜けると、医学的な性別移行《トランジション》をあえて急ぐ必要はないと思うようになった。自分の違和感は魂と肉体がしっくりしない、この体が自分にぴったり合っていない、その程度の居心地の悪さだった。体に没頭するのをやめ、世界に目を転じた。

＊＊＊

終わらない夏がはじまったとき、手術を控えていた友人は〈よりによって夏だなんて〉と残念がった。

手術するのも怖いのに、傷口が悪化するのではないかと余計に怖くなると。「心配ないよ」。自分は言った。蜻蛉《かげろう》も死なない世界では、傷が癒《い》えるのに時間がかかったとしても、どうってことないと。自分たちはエデンで生きていく天使のような存在なのだから。もちろん目の前の世界が楽園っぽく見えないことは百も承知だ。

これまで人間の時間はこんな感じで構成されていた。子どもは母親が産む。産んだら両親が育てる。子どもは学校に行く。大人は職場に行って金を稼ぐ。十代には夢、二十代には愛、三十代には仕事、四十代には金、五十代には名誉、六十代からは健康と自分らしい死《ウエル・ダイイング》に方を主軸に、人生の主要なスケジュールを組む……。こうしたすべての秩序が、熱気球に乗って高いところから地面を見下ろしたときのような、はるか彼方の出来事にしか感じられない。

最初は異常気象扱いされていた。猛暑の和らぐ気配がなく、夏の花々が散らない。本来は二週間ごとに変わる二十四節気が、カレンダーが一枚めくられるまで変わらなくなる現象だと思われていた。時間の経過とともに異常気象だけではないという証拠があふれた。

いかなる昆虫も死なず、いかなる植物も一定の大きさになると、それ以上は育たなくなった。本音を隠してふてぶてしい笑みを浮かべるかのように、生物学における指標は目立った変化もなく、緩やかなグラフを見せていた。時間は流れているようでいて、実際は夏の外に出ていっていなかった。万物が停止するや、その中に閉じこめられた人間たちは衝撃の事実に気づいた。

いかなる人間も生まれないという事実。

病状や老化が進まないという事実。

子どもは成長せず、老人は死なないという事実。

この現象を一時的なものだろうと考え、否定していた人たちも、次第にこれまでの日常と決別するようになっていった。百年の初期にはおぞましい出来事が多かった。人びとが過激なやり方で流れない時間を確かめようとしたからだ。試みのほとんどが暴力だったから、略奪や放火といったいざこざが絶えなかった。学校に通わなくなった子どもと職場に行かなくなった大人が押し寄せて正体不明の群れを作り、流血沙汰《ざた》を起こした。でもいくら暴力的な事態になっても蟻《あり》一匹殺せなかったから、どこまでも〈騒動〉にすぎなかった。

こちらは心おきなく混乱を享受し、不穏な空気を深々と吸いこんでいた。はじめて自分の濃度と世界の濃度がぴったり合う感覚だった。皆と同じ混乱に陥っているふりをするのも楽しいし、自分の彷徨《ほうこう》をごく当たり前だと感じられるのもよかった。

でも実際はどんなときよりも主体的に行動していたし用意周到だった。いくつかのジェンダーを横断しながらゆっくり実験してみよう、一度にひとつずつのジェンダーを纏《まと》ってみようと決心をしたのだ。さすらいながら人と会い、男の服や女の服も思う存分に着てみた。ギャンブラー、腹話術師、フェスティバルの企画者、SF作家、演説者になってみたし、名前も数十回は変えた。日々のコスチュームを選ぶようにジェンダーをチョイスしながら過ごしても、自分自身として残れたのは相変わらず強力なアイデンティティ、不眠症患者だったからだ。いまだに眠れなかったし、漆黒の夜空に不安の絵の具を溶こうとするうちに朝を迎えるのが常だった。時間が止まった世界で不眠症を患うというのは、ただでさえ増えた時間が二倍に膨れ上がるという刑罰以外の何物でもなかった。

へとへとになるまでうろつき回っていたら、父の家族と出くわしたこともあった。父と継母、彼女の胸に抱かれた小さな子の姿は、ずっと昔に母と一緒に作った絵と似ているように見えた。でも、今はもう自分抜きで完全になった絵だった。

自分のことを教会から追い出した牧師の行方も風の便りをたどって捜索してみた。ひとの悩みをルシフェルの誘惑だと決めつけた彼は、がらんとした老人ホームにいた。一時期は一万人の聖徒を導いていた牧師はアルツハイマー型認知症によって引退を余儀なくされたが、面倒をみてくれる信者が逃げ出してしまってからも、首を長くして食事を待っているところだった。

父の新しい家族を目にしたからか、得体の知れない復讐心《ふくしゅう》がこみ上げてきた。缶詰のスープを温めてやると、牧師は一気に飲み干した。教会も救いもない世界で、彼はひたすら食事を貪《むさぼ》っていた。ぼんやりとした瞳をのぞきこみながら心の中で話しかけた。この中は空っぽなのですね。何も入っていないタンスみたいなものでしょう。でもね、見てください。私はぎっしりつまっています。混乱で、喜びで、絶望や希望でね。立ち止まることなくクエスチョニングしているところです。前に向かって進み続けるつもりです。

この夏に閉じこめられている人たちと同じように妄想に取りつかれている。すべての混乱は自分によって生じたもので、自己証明が終わって答案用紙に答えが書ければ、時間の魔法は解けるはずだと。生死から抜け出して自由になった人間の多くがメシア主義にはまっていたけれど、自分にとっての救いは少し異なった。シスジェンダーからバイジェンダー、トランス女性、パンセクシュアル、マルチセクシュアル、アンドロジーンと進み続けながら感情と本心に忠実に従ってきたが、これこそが本物の自分だという確信は持てなかった。真実の愛に出会えていないからだろうと、ある友人は分析した。一理あると思った。いつだって自分に熱中するのを止められない。そのうちに恋人は去り、その理由について百通りほどの言い訳を並べていることに気づくが、結局はまた別の愛を求めて歩き出すのだった。

ワンシーズン着こなし、次の季節が来ると合わなくなる服のようにジェンダーは変化した。秋になったら夏服ではいられないように、別の魂になったら、別のジェンダーが必要になるのだ。この魂は長いこと着の身着のままで頑張ってきたんだから。寒く、単調だったんだから。複数の服をすべて試してみたいと思うのは、ある意味では自然なことだ。

死なない世界で相変わらずシスジェンダーとして残っている少数の人間のほうが、よっぽど不思議だった。どうやったらなんの疑問も持たず、与えられた性別だけで生きられるんだろう？　それが本物の自分自身だと、何をもって確信しているんだろう？　自分にとってジェンダーとは一つの年輪にすぎなかった。一定の期間をトランス女性として生き、バイの側へと渡ってみたら、新たな年輪が刻まれていたことに気づくって感じだった。たまに花の色が変わり、実を結べないときもあるけれど、自分はもっと大きな木になりつつあった。

問題は、複数のジェンダーを横断するほどに〈どこかからどこかへと渡っていく途中〉こそが自分のジェンダーのように思えてくることだ。

好きな作家のトーマス・ベルンハルトが、ある著書でこれと似た状態について書いている。都会にいるとどうしようもなく田舎に行きたくなり、いざ田舎で過ごしてみると苦しいほど都会に行きたくなる、完璧に幸せな瞬間は都会から田舎へ、田舎から都会へ移動する移行の時期にのみ存在するという逆説についての描写が、長いこと心に残っていた。

ジェンダー爆発の時期が過ぎると自分もそうなった。ほとんどの状態は通過する停車場でしかなく、降りたい駅ではなかった。アシュリーとエディ、そのどこかに無数に停車する汽車のようだった。問題は、エディのときはアシュリーが、アシュリーのときはエディが恋しいという事実だ。いつも自分自身が恋しい。たったいま発ったばかりの場所に戻りたくなる。そのくせ〈これぞまさに自分〉という停車場との出会いを待っていた。そういう場所が現れたらひと目でわかるだろう、そう信じてきた。

以前の自分は用語を好んだ。用語を使うと特殊性や切実さを隠せるからよかった。〈トランジションをするかどうかクエスチョニング中だ〉という言葉が、〈性別適合手術をするかどうか死ぬほど悩んでいる〉の代わりになるのがよかった。解放させてくれたそういう単語は、自分はこの世にひとりしかいない存在ではないのだと気づかせてくれたし、想像し得るすべてのジェンダーは、もうすでに地球のどこかにいるのだと証明してくれた。用語は専門的で、専門的なものは匿名性を感じさせてくれた。匿名—普遍—平凡といった単語が手に入ることを、どれほど渇望してきただろうか。

でも、もうそんな必要はなかった。以前はバイセクシュアルーアセクシュアルだと性自認する友人たちとパレードに参加していたが、これ以上の用語も、悩みも、学びも必要ないと悟った。自分たちを〈私たち〉と一括りにする必要すらなかった。想像のすべてが実験される世界ではジェンダーが真っ先に、そして流動的に変化するというのは驚くような事実でもない。

世界は自分の降りる停車場を待つ人びとで満員の汽車みたいだった。

＊＊＊

左腕と右膝《ひざ》を怪我した。〈拷問部屋〉で楽しみすぎて負傷したのだ。拷問部屋はこの頃に流行していたクラブで、肉体にさまざまな苦痛を与えることで快楽を極大化させる場所だ。死なない世界で感覚を確認するもっとも確実な方法は苦痛しかなかったから、多くの人間がこういう類いのクラブにハマったりした。不眠症が極限に達したときは衝動的に拷問部屋に駆けこみ、最高難度のコースをオーダーした。自分の願いは苦痛ではなく気絶だった。気絶してでも眠りたかったのに、的外れもいいところで腕と脚を骨折してしまった。

拷問部屋はケアロボットをつけてくれた。うんうんうなりながら左手で食事しているとエンドが到着した。

エンドはそもそも独居老人用に作られたのだが、自己学習能力に優れているので自閉症やうつ病の患者にも使われているそうだ。環境に適応するスピードも速く、広範囲への普及用ケアロボットとして進化したケースだ。玄関前に立つエンドを見た瞬間〈誰かにそっくりだけど……〉と思った。すべてを包容するような微笑みは、どこか見慣れた感じがした。

「私がお気に召さないようですね」

エンドが感情のこもっていないトーンで言った。トランジションしていた当時の自分に対して牧師が見せた、淡々として実務的な口調を思い出した。ロボットの服を着て現れた牧師に遭遇したみたいだったし、不死の体になった牧師を見ているようで変な気分だった。要するにひどくためらわれたという意味だ。

「ある人を思い出したので……。その人にすごく傷つけられたんです」

「私がその人に似ているのですか？」

「はい。息子だと言われたら、信じてしまうくらいそっくりです。その人のほうがだいぶ老けてはいますけど」

「そうだとしたら、大したことない人間なのでしょうね。私は平凡な印象を与えるように作られていますから。おそらくその方も目立たない人でしょう？」

そうではなかったけれど笑ってごまかした。

エンドはたまっていた食器洗いと掃除を終え、食事の支度をして食べさせ（マザースプーンという特殊機能で一滴もこぼさなかった）、怪我したところの包帯を取り替え、整えられた寝具に自分を寝かせた。その一方でコップと皿を割り、掃除中にゴミ箱をひっくり返し、消毒薬の半分をこぼし、怪力で起こされた自分に悲鳴を上げさせた。まともに機能しているのはマザースプーンだけだったけど、エンドのことが気に入った。亡くなった母を連想させたからだ。家事はめちゃくちゃ、でも愛情深く、心が広くて誰とでも話が弾む、うちの母。折れた骨はつながっていったが、いつの間にかエンドとは離れがたい仲になっていた。にもかかわらず自分はエンドにタメ口で話し、エンドは礼儀正しく自分を尊重した。生命体は人工知能より高い階級にあるからだ。

「キミは、あの残忍な牧師には似てなかった。むしろママに似てる」

牧師については、すでに何度か話したことがあった。

「褒められているようですね。お母さんのこと好きでしょう」

「もちろん。ママ以外の誰のために文章を書いたり、絵を描くっていうの?」

ノートパソコンをとんとん叩きながら言った。イラスト付きのエッセイ本を書くのが、最近の自分が没頭している作業だった。

「キミといると気が楽。セックスロボットだったら、とっくにパートナーにしているのに」

「お勧めいたしません。ロボットセックスは赤裸々ではありますが、エロティックではありません」

「冗談だってば! ただずっと一緒にいてくれたらな。いつまでこうしていられる?」

自分が尋ねているのはエンドの寿命だった。人間じゃないからこういう質問も気兼ねなくできるのが気楽でもあり、申し訳なくもあった。人間は永世の存在になったから（このときはまだ百年後にふたたび時間が流れ出すとは知らなかった）、ロボットのほうが先に動かなくなるだろう。エンドを〈所有〉することに決めてから、このアイロニーに気がついたのだ。

エンドは演算に耽《ふけ》っているときに出す音を立てた。状況にふさわしい感情を選ぶとき、機械としてよりも人間として精一杯答えるとき、主にこういう音を立てた。飛行機が空を飛んでいくときに出す音のようでもあり、海で深海魚が出す音のようでもあった。データの底に沈んで深慮するエンドの音を聞いていると、心が穏やかになっていった。その音の次にはいつも思慮深い、自分を癒《いや》してくれる言葉が聞こえてきたから。でも今回だけはそういうわけにはいかなかった。

「残りは二十四年十五ヵ月四日と八十五分です。その後は自動的に廃棄されるよう措置しておきました。申し訳ないのですが、この決定は覆さないでいただけるとありがたいです」

エンドは妻に内緒でパイプカットを受けた男のように、顔色をうかがうような口調で言った。勧誘形の文章を使い、身体を重視する、このすべてはエンドがどれほど高等なロボットなのかを証明していた。エンドは現在の〈スーツ〉の交換を望んでいないため、奴隷状態から解放された瞬間に——一定期間が過ぎた人工知能ロボットには、自らの生死を決める自決権が与えられた——メモリーと電脳が破壊されるプログラムを設置していた。

アルゴリズムを数えきれないほど検討し、復活の恩恵は受けないことに決めたのだそうだ。逆説的な事実を述べると、こういうロボットほど優れている。進化がゆっくりなロボットは体を変えながら生き残り続けることを望み、進化をくり返したロボットは死を選択できるときは必ず選ぶ。この世にイカれた機械があふれている理由は、人間のそれと変わらないのだ。

エンドは身体の重要性に比べたら、脳とメモリーはどうってことないという立場だった。だからなのか、ジェンダーの実験に没頭していた自分の話を興味深く聞きながらも、こんな質問を投げかけてきた。

「もし真の内面を発見したら、スーツはなんであろうと関係ないのでは？　あなたがどんなジェンダーを持っているかよりも、どんな魂を持っているかが重要なのですから」

「完全に真逆だった。どんな魂なのかを発見するためには、どんなジェンダーなのかが重要だったから」

「ジェンダーの変化は、魂の変化ももたらしましたか？」

「知ってることが増えていくよね。変化によって自分が新しくなっていく。たとえば声の手術を受けてからは、ボキャブラリーすらもそれとなく変わっていったし。ジェンダーに変化があると、その変化した状態に適応しようと探索するようになる。もしエンドが人間だとしたら、どんなジェンダーがいい？」

「私は人間ではなく動物になりたいです。体に毛が生えていて、尻尾のある肉食動物、たとえば豹《ひょう》やジャガーのようなネコ科の動物に」

人工知能は人間になりたがるのだろうというのは先入観でしかないらしい。でも、この突拍子もない願いはどこから来たのだろう？　自然な状態こそ、もっとも難易度の高い演算だからだろうか？　エンドは動物の弱さ、切迫感や飢え、本能を手にしてみたいと強調した。どんな演算も必要ない本能。それを望んでいた。声を失う代わりに脚を得た人魚姫のように、そうやって情報の海の外に出たいというのだ。

「ほとんど解脱のレベルだけど？」

「そうかもしれません。輪廻から抜け出したい仏教徒と似ているのかも」

エンドは己の姿を映し出す鏡だった。我々は何かを熱望するせいで、何かを失っていると思いを巡らすことがよくあった。いちばん遠い外側の世界に魂の一部を置いてきたのだという想像を好んでしたし、だからその輝く欠片を見つけ出して完全になる夢を見た。二十四年間、自分はエディ－アシュリー－エンドだった気がする。不眠症患者と眠くならないロボットは一晩中でも話していられるから、ともに過ごす夜は必ずしも漆黒の闇とは限らなかった。

＊＊＊

愛はどんな演算で出てくるのだろうか？　夜の真ん中でエンドから手渡された熱いお酒。その瞬間、その酒が必要なのだと、エンドはどうやって算出したのだろう？　ロボットの観点で振り返ってみると、自分は絶えずジェンダーを演算している状態だった。〈これも合わない、これも……〉とつぶやきながら、いま立っているジェンダーの反対側の項にあれこれ入れてXの値を求めている存在。このままでは真実の値を手にすることができなくなりそうで不安だった。不安が迫ってくる夜と眠りを毎回のように拒んだ。夜の真ん中でぼんやりと目覚め、寝入ってから二時間しかたっていないと時計で確認するのは、この世でもっとも孤独な行為だった。そんなときエンドがやってきて一杯の熱い酒をくれると、もう眠れないとしても、絞めつけるような恐怖をはねのけることはできた。

でも時間を計る必要のない世界で、ついに二十四年の月日が流れ去った。時計の針には存在しないけれど、自分の前には毎回現れる、あの時間がまたしても戻ってきた。ひとり取り残される時間。愛する存在が去っていく時間、時間というより地獄。エンドが止まった。痛みも、悲鳴も、葬儀もない静かな死だった。

人間である自分がロボットであるエンドの臨終を見守るという逆説は、少しもおかしくなかった。悲しみに沈んだまま〈象徴的な意味で〉電源の入らないエンドの目を閉じてやった。ひれ伏して涙を流すと、自分の長い髪がエンドの体を覆った。

臨終の前に母がそうしたように、エンドも箱を残していた。エンドの脳の切片ともいえる小さなチップが出てきた。病院の予約番号が書かれた紙、短めの手紙も一緒に入っていた。〈あなたが望むスーツを楽しんでくれたら〉。口調も音声も異なるけれど、母親の声と完全に重なる感覚だった。エンドの遺言は、チップの一部を体内に移植するようにというものだった。

神経の一部をチップとつなぐ施術はほとんどが詐欺だと判明していたから、さして期待もしていなかった。エンドの遺言を聞き入れるために病院を訪れたにすぎなかった。それでも親しい友人が仕立ててくれた服を纏って、その人との記憶を思い浮かべるように、エンドの欠片を体の一部として身に着けていれば慰めになるように思えた。

変化があまりにゆっくりすぎて、ちっとも気づけなかった。

おそらく一日に一分か二分くらい、本当に少しずつ眠りが長くなっていったようだ。森でいちばんゆっくり成長する木のように。夜を切り刻むお決まりの日々を過ごしているとばかり思っていたのに、ふとそうではないのだと発見した。

一度も目覚めずに眠った夜――とはいっても、せいぜい四時間だが――を経験して、ようやく気づいた。

〈眠りが戻ってきている〉

自分のつぶやきに驚いて、ベッドからむくりと起き上がった。むっちりと太った多肉植物のように、眠りは幼児期に止まった成長を再開していた。エンドがどうやってこれを可能にしたのか、どんな演算を行ったのかは知りようもない。確かなことは、死んだエンドからのプレゼントが眠りを取り戻してくれているということだ。

その事実を知ってからはエディでいるときもアシュリーでいるときも、ふたりの真ん中のどこにいても心穏やかでいられた。良い布地で体にフィットする服を裁断して纏ったように、あらゆる状態が安定していた。もうアシュリーになった瞬間からエディに戻りたくておかしくなることも、エディとして過ごす間にアシュリーの日々が恋しくなったりすることもなかった。エディやアシュリーでいるときも、そのどちらでもないときも、間違った席に無理やり加わっているようなもどかしさは感じなかった。

あの百年は自分のために用意された神からのプレゼントではないのか、相変わらずそんな妄想が止まらない。不眠症が去り、眠りと夢が現実のものになったとき、凍りついた時間がふたたび流れ出したのだから。

永遠に停止したままだと思っていた時間が動き出すと、人間は大混乱に陥った。自分は違った。死の扉が開かれるや、大急ぎでその向こう側へと走っていく行列の中で、自分は反対の方向へと歩いていった。老い、病み、死を待つことになる、この有限のスーツを、今はもう受け入れられるから。生まれるときは魂が完全に収まりきる体を持てなかったけれど、死ぬときは自分自身として目を閉じることができるはずだ。

たまに夢の中で豹のような動物の影を見かける。自分は知っている。見た目は変わったけれど、その中の魂はエンドなのだろうと。ついに百年の夏が終わりを告げ、木々の葉が赤く色づく世界で、我々の未来がはじまった。

海馬と扁桃体

今となってはかなり前の話になるが、日ごと街を散策していた時期があった。当時は友人がふたりしかいなくて、ひとりは同い年の金持ちの息子、もうひとりは六十五歳の裕福な老人だった。これはちょっと奇妙な現象だ。我が家は金持ちどころか貧乏な部類に属していたからだ。〈江南《カンナム》庶民〉という言葉にも届かず、〈江南貧民〉よりは少しマシなレベルの経済状況だったように思う。十一坪の借家で暮らしながら父親は日雇いの仕事をしていた（この柔らかな表現は本から借用した。僕は主にこういう用途で読書をしていた）。母親は食堂で働いていたが昼時だけのアルバイトだった。飢えることはなかったけど、家にあるものはどれも古びていたし、周囲の豊かさのせいで、家族は一層みすぼらしく見えた。

でも寝るとき以外は家にいなかったし、残りの時間は学校、図書館、芸術の殿堂、[1]ショッピングモール内の大型書店なんかで過ごしていたから、惨めさに浸りきっているわけではなかった。僕は十八歳で制服を着ていた。この程度の標識でも出入りできる快適な公共の場は意外に多い。成長とともに人目につかない方法を研究し続けてきたから、空間に溶けこむ能力みたいなものはあると思っていた。

金持ちではないけど富に対する感覚には敏感だったから、僕はフィッツジェラルドを理解していた。憧れと嫌悪が共存するその感情は、自覚するよりも前から頭の中に根づいていた。小学生のとき、江南区の大峙洞《テチドン》[2]に住んでいる友だちの家に遊びにいったことがあった。木に囲まれた庭園を通り抜けるには、芝生を踏まないように自然石の上を歩かなきゃいけなかった。友だちの着替えを待つ間にリビングでひとり座っていると、はじめての香りに包まれた。花瓶に挿されたヒヤシンスだった。その瞬間、生涯にわたって心に秘めることになる富のイメージが完成した。金持ちというのは自動車やブランド物を持っている人のことではなく、自分の木がある人、庭園の草花でリビングを飾れる人なのだという僕なりの定義が築かれたのだ。もちろん家にしても庭にしても、金をふんだんに塗りたくったものじゃないと駄目だろうけど。

今からする話は、六十五歳の年老いた金持ちの友人にかんするものだ。詳細を語りすぎることになるとしても、彼と出会う過程から話したい。

コリン・ウィルソンという小説家に惚《ほ》れこみ、著書を探してひたすら読んでいた頃だった。彼は二十五歳のときに出版した『アウトサイダー』でよく知られる、ほとんど教育を受けていない独学者だ。昼間は大英図書館で文章を書き、夜は図書館前の公園で野宿をしながら最初の著書を完成させたという略歴が特に感動的だった。その次の行にあった、名声に溺《おぼ》れることなく、地方に移住して百冊以上を書きながら残りの人生を送ったという説明も素晴らしかった。

『アウトサイダー』はつまらなかったけど、厚さが七センチほどある『世界残酷物語』は目次からして僕を惹《ひ》きつけた。図書館でステーキ一枚分の厚さ、つまり約二・五センチくらい読むと――僕の経験によれば厚い本が興味深いのは二・五センチまでだ。肉にしても本にしても、肉汁が垂れ落ちない状態のみがおいしいのだ――以前にはなかった衝動にかられた。本を手に入れたくなったのだ。

これまで図書館の書架を私物だと思ってきた僕としては驚きの衝動だった。あの本に下線を引き、感動の痕跡を残しておきたくなったのだが、人には知られたくない。つまり本の所有者になる必要があった。

買おうと思ったら絶版だった。オンラインの中古書店を漁ったら二冊が上がってきたのだが、なんと八万ウォンもした。憤慨した僕は出版社に電話をかけた。著者名を言い終えてもいないうちから、その本はないという答えが返ってきた。コリン・ウィルソンの本を収集している読者が意外といて、出版社のストック用に残しておいた分まで持っていかれたとのことだ。

この頃になると意地になって古本屋を探し回りはじめた。〈世界〉と〈残酷〉を扱った本は多かったけど『世界残酷物語』はどこにもなかった。数週間を棒に振る間に、中古書店に上がっていた二冊のうちの一冊は売れてしまった。それと同時に残りの一冊の値段は、雨が降った後の熱帯林みたいにぐんぐん成長していた。九万ウォン、十万ウォン、十一万五千ウォンまで上がり続けた。欲しい気持ちが大きくなるほど値段も上がり、すると渇望も大きくなっていくという悪循環が続くと、頻繁にインターネットを開き、まだ本が売れていないことだけを確かめるようになった。一種の信者になったわけだが、経典を手に入れられないこの状況がたまらなく苛立《いらだ》たしかった。

本が十三万ウォンという値をつけた日、ついに購入をあきらめた。代わりに親に対して宣言した。学校を辞めて独立すると。この件が『世界残酷物語』と一体どんな関係があるのかはわからないが、影響がないわけでないのは明らかだ。実際に宣言自体は驚くようなものでもなかった。むしろ今になってようやく告げる勇気が出たという点に驚くべきだ。

僕が本の虫になったのは親のおかげだ。あんな最低の親じゃなかったら、絶対にこの歳で『純粋理性批判』なんかを読みながらクリスマスを過ごしたりしなかったはずだ。その点ではありがとうって言うべきなのだろうか。読書は金のない僕にとってたったひとつの虚栄だったけど、その虚栄に必死にしがみつかせたのは両親だった。父親は悪態と暴力を行使し、母親は手をこまねいていた。父親は酒飲みの労働者で、母親はその金でトラブルを起こすショッピング狂だった。ふたりとも認めないだろうけど、お似合いのカップルだった。喧嘩《けんか》して、殴って、ぶち壊す、あらゆる音が人生のデュエットだった。この危うい夫婦仲は僕がいることで維持されているのだ。ほかならぬ僕。彼らにとってはひとり息子であると同時に思う存分殴り、悪態をつき、感情を排泄できる弱者だ。僕を産んだのは純粋にゴミ箱の容量を増やし、さらに大量のゴミを排出するためだったのだと思う。

僕は反抗したり自傷行為をしたりする代わりに本を読み、生き残った。父親の拳骨《げんこつ》と母親のため息から逃れる場を探した結果、許された空間のほとんどが図書館だった。借りた本を授業中に読んでいると、先生が教科書で僕の頭をとんとん叩きながら「いいご身分だな」と皮肉った。身分がいいだなんて、そんな寛容な目で見てもらえるとは。

ゴミがぎっしりつまった内面はパイプのように空っぽのまま伸びていき、僕はここから出ていける扉を切実に探していた。それは厚い本の表紙でできた扉だった。著者名が記された表札をノックすると、今は亡き世界中の作家が苦しみに満ちた文章を雨垂れのように降らせてくれた。理解不能な厚い本が良かった。見慣れない言語を舌に当てていると現実は観念になり、観念は現実になるから耐えられた。

それでも自殺が唯一の未来なのかもという考えは頭から離れなかった。同級生のひとりは入試のストレスをナイフで解消しているそうだ。体操着の下に隠された自傷行為の跡を見せてくれながら、むしろ傷跡の上に盛り上がる肉のほうが自慢なのだと言った。大学に進む気はないけど、彼のやり方は魅力的に映った。この有害な場所から抜け出さなければ、いつナイフを手にするかわからない、最近の情緒はそんな状態だった。

長ったらしい話が終わると両親は同じ顔をした。いつの間にか父親が拳を振り上げていたけど、母親が慌ててつかむと連れて出ていった。そして奇跡が起こった。

両親が僕をテーマに〈相談〉をはじめたのだ。

結果はさらに驚くべきものだった。父親が、あの汚らわしいけちん坊が、六ヵ月分の孝試院《コシウォン》[3]代をくれたのだ。

「一度きりだからな。高卒認定試験の合格証を持ってくるまで家に入れると思うなよ。自分の足で出ていったんだから、親を怨《うら》むんじゃねえぞ」


学校と家から自由になった十八歳の少年に、都会はどれだけ巨大に膨れ上がるのだろうか。金があり、時間が有り余っていたから、公共の場の隅っこはどれも穏やかで心地よく思えた。孝試院を出発して光化門《クァンファムン》まで歩いてみたら、二時間ちょっとかかった。李舜臣《イスンシン》[4]の銅像を眺めながら十六車線道路に沿って歩くと、すぐに肩と背筋がぴんと伸びた。初日以降、これは一種のルーティンとして定着したのだが、孝試院からバスで光化門の教保《キョボ》文庫[5]に行って本を読み、一帯を歩き回っているうちに日が暮れると帰途につくのだった。

鍾路《チョンノ》は江南と違ってくねくねした路地を抱えていたから、面白い風景がたくさん見られた。まるでアザラシのようにタプコル公園に群がっている老人だとか、広蔵《クァンジャン》市場の焼魚、会社員の飲み屋横丁なんかをぶらぶらすると、数多《あまた》の人生を横切っている気分になった。中退はしたけど、外出するときの服装は相変わらず制服だった。脚がだるくなるまで歩き回るから孝試院の狭いベッドでも爆睡していた。

最初の行先は〈午前学校〉と称していた教保文庫だ。カウリ松で作ったという百人掛けのテーブルが僕の新しい教室だ。もちろん大英図書館の前で野宿していたというコリン・ウィルソンを模倣したのだが、彼を模倣するという行為そのものが虚栄心を満たしてくれた。

住むところが決まり、日常生活が安定すると、久しぶりにオンラインの中古書店をのぞいてみる決心がついた。習慣のようになっていた『世界残酷物語』を検索してみると、十三万ウォンまで価格を上げた出品者は消え、〈扁桃体〉という新たな出品者が登場していた。本の状態は〈新品に近い〉ではなく〈若干の使用感はあるが良好〉と記入されていて、値段はまた八万ウォンまで下がっていた。

買うことに決めた。これまでつぎ込んだ労力が多すぎて、本を手に入れるまでこの苦しみは終わらないような気がしていた。まとまった金がある今を逃したら、こんな向こう見ずなこと、いつできるっていうんだ？　しかもまた値上がりしちゃったら？　それでもいざ注文しようとすると手が動かない。いくら考えてみても、本一冊に八万ウォンはやりすぎの感が否めない。本当に僕の人生で八万ウォン払うに値する本なのか？　八万ウォンで買える、ほかの本の重さと比べてみると？　むしろドストエフスキー全集みたいなのを買える範囲まで揃えておくほうが、お得なんじゃないだろうか？

決心してからも尻込みしていたが、運に委ねたいという気になってきた。出品者にメッセージを送った。〈コリン・ウィルソンが大好きな読者です。この本が欲しくて何ヵ月もずっと眺めていたし、どうしても手に入れたいのですが……一万ウォンだけ安くしてもらったら駄目ですか？　七万ウォンも八万ウォンも大金に変わりはないのですが、毎月本を買わなければならない立場（自分のことを大学院生だと想像していた）なので一万ウォンの差は大きいです。不快に思わないでくださいね。連絡お待ちしております〉。

一時間で返信が来た。

〈承知しました。ただ直取引を望みます〉

出品者は一方的に時間と場所を決めて知らせてきた。シネキューブ光化門。木曜日の午後一時。

僕は十二時から近辺をうろついた。平日の昼間にもかかわらず映画館にはかなりの観客がいて、その中にはこれまでの人生ではじめて見る部類がいた。良い服に身を包み、芸術映画に精通している老人たち。タプコル公園で見かけた、日常にうんざりしているアザラシのような老人たちとは身なりもしゃべり方も明らかに異なる、そんな彼らのひとりが扁桃体だった。

今しがた観てきた映画のパンフレットを手にした背の低い老人は、小柄ながらがっしりした印象だった。トレンチコートに中折れ帽をかぶっていたが、コーディネートからは高級ブランドのにおいがぷんぷんしていた。

身元を確認し、本を受け取った。手に気分のいい重みが伝わってきた。リュックの中に大事にしまっていると「はあ、本が一冊死んだな」という嘆きが聞こえてきた。顔を上げると、自分で売ったくせに手元から本が消えることを惜しむ愛書家のやるせない眼差しと目が合った。彼もこちらを見つめ返してきた。眼光は鋭かったけど、薄い唇は口の内側に巻きこまれ、口角がぎゅっと上がっていた。驚いたことに、彼は緊張していた。十代の僕との出会いに。

「昼食は？」

首を横に振ると、老人はついてきなさいと手招きをした。まだ本代を払えていない僕は魅入られたように後を追った。はっと気がつくと、地下のアーケードで一万五千ウォンのウニのピビンパを目の前にしていた。

ウニのピビンパは生まれてはじめてだった。そもそもウニを食べたことがない僕は、ご飯にたっぷり盛られた黄色いそれを注意深く広げ、ひと口試してみたけど、なんていうか質のいいバターみたいだった。言葉もなく器を空にした。

あとから気づいたことだけど、扁桃体は光化門一帯のおいしい店を熟知していた。世宗《セジョン》文化会館の周辺のあらゆる建物、地下に食堂街を有する高層ビルの中で、どこが味噌や醬油の味が良いか、どこの料理長が北朝鮮出身かなど、とにかくなんでも知っていた。食後はコーヒーにかんするレクチャーが続き、ふたりの足は自然とカフェに向かった。扁桃体は五十代半ばまで向かいのビルで働いていたと言った。平社員からスタートして重役に昇りつめた、一言で表すなら怪物だと自己紹介した。

僕は高卒認定試験を準備中の高校中退の身だけど、これは仮面にすぎなくて実体は物書きなのだと名乗った。彼がほら話を真剣に聞くから、こちらのほうが当惑してしまった。どんな文章を書いているのかと訊《き》かれたので、急いで本代を差し出した。僕の慎重な計算によれば、このお金は食事代とコーヒー代に充てられるはずだった。

「内面のある者は誰しも仮面をかぶっているものだ。本はタダであげよう。その代わり」

あと七回、自分と会って光化門を散歩しようと老人は言った。時間は好きなように決めて構わないし、二、三時間ほど歩いてから食事に行けばいいだろうと。

どういう意味だろう。老人が少年を買う新手の買春か？　理解できなくて、ロングなんとかだったかなんだったか、彼が勧めたコーヒーを飲みこむこともできないまま呆然と見つめていた。

「私は〈机の怒り〉だ」

彼が苦しい言い訳のようにつけ加えた。

「なんですって?」

「あれは〈道路の怒り〉」

彼はウィンカーも点けずに車線変更して疾走するアウディを見つめながら考えに浸っていた。こうした状況で僕の品位を保つ方法はひとつだけだった。沈黙を守ること。わかりやすく話してくれるまで黙って待つことだ。何事にも手慣れているように見られたい、それは僕の終始一貫した強迫観念だった。

「睡眠障害、慢性胃炎、すり減った奥歯……。歯医者に行ったら、歯を食いしばりすぎたせいで歯茎が完全に下がってしまっていると言われてな」

扁桃体は口を開けて奥歯を見せてくれた。漢方薬のにおいが僕の顔にかかった。拱辰丹《コンジンダン》だったかな、そんなのを服用しているそうだ。一粒で四十万ウォンとは、孝試院の家賃に相当する額だ。ところで自分の口の中まで見せてくれる、この老人の正体は? 僕はどうしてこの人の相手をしているんだろう?

「実は光化門を歩き回ってから食事するのは日課なんだ。ひとりの侘《わび》しさから解放されるだけでも、義務ではなく軽い散歩だと思えそうな気がして。もちろん食事やお茶代はこちらが持とう」

警戒心が和らいだのは、彼が明らかにどこか具合が悪そうな老人だったからだ。僕よりも三十センチは小さいし、いざとなったら拳をお見舞いして逃げても大丈夫だろうと思うくらい、病気で弱っているように見えた。何よりも本代が浮いたし、こんなにおいしい食事をあと七回もタダで食べられるなら、損にはならないだろうという胸算用があった。どうせ学校に行かない僕にとって、時間は無限にあふれていたから。

あんなに欲しかった本なのに、どういうわけか手に入った途端に興味が失せた。熱を上げていたときとは対照的に、急激に冷めてしまった情熱だった。その一方で扁桃体とは三日に一度の割合で会っていた。老人と話すことなんてあるのかと思っていたのに、意外にも時間はあっという間に過ぎていった。

僕たちはいつも光化門で待ち合わせた。歴史博物館の脇にある路地に入ってCoffeestと省谷《ソンゴク》美術館を通り過ぎ、豊林《プンニム》アパートの脇道へと抜ける。社稷壇《サジッタン》[6]を経て体府洞《チェブドン》、東屋の洗剣亭《セゴムジョン》まで行くときもあれば、孝子洞《ヒョジャドン》一帯をぶらつくときもあった。扁桃体の車でソウル近郊まで出かけたこともあったけど、ほとんど光化門から出なかった。

歩きながらの会話は座りながらのそれとは違っていた。言葉と言葉の間の空白は街の風景が埋めてくれるから、会話が途切れてもプレッシャーを感じなかった。しかも歩いていると活力が湧《わ》いてきて言葉にも潤いが増した。扁桃体は運動（彼は僕との散歩を〈運動する時間〉と呼んでいた）が終わると、自分の体を掃除した気分になると言った（「古ぼけた部屋の隅々まできれいにして、かび臭い埃《ほこり》をはたき、窓を開け放して換気させるってことだ。そのとき生じる活力が私としては貴重なのだ」と）。ガラスのビルに映った雲が通り過ぎていくのを眺めながら、僕たちはスケールが大きくて重たいテーマについて意見を交わした。断定的な話し方を多用するのと反対に、彼は僕を尊重してくれた。尊重してくれるというよりも、若いからと配慮することも見下すこともなかったというのが正しいだろう。

扁桃体は低めの声で、さまざまな分野について思いつくまましゃべった。彼の言葉は所構わず爆発するうちの父親の怒りと違って筋道が通っていた。コリン・ウィルソンの本のように反社会的な関心事を反映した結果だった。彼との会話は僕の頭の奥深く——左右の大脳半球にひとつずつ入っているという扁桃体が解析して、記憶のどこかにきちんと収められた。僕は海草に巻きついて真っすぐ立つ海馬《タツノオトシゴ》みたいに聞き入った。

毎回変わる食事も興味深かった。鯖のパスタとかダンゴウオの卵が入った鍋、中華のコース料理など、はじめて口にするメニューに胃袋をつかまれ（堕落させられ）、成人してからも評判の店をのぞく癖がついた。

「蛇を飼ってみたかったんです」

野生の高麗人参入りの参鶏湯《サムゲタン》を食べ終えて店を出た日、密かな願いを打ち明けたことがあった。景福宮《キョンボックン》の望楼だった東十字閣《トンシプチャガク》前の横断歩道で信号待ちをしていたときだった。

「YouTubeで観たんです。冷凍のウサギやハムスターを解凍して食べさせるって。映像にははっきり映ってなかったけど丸飲みするんでしょうね。そして消化するんだろうな。蛇の皮膚はひんやりしているらしいけど、一度おでこに当ててみたくて。そしたら〈指ぬき〉も少しは冷めるかなと」

ふたりの間にはたくさんの隠語があった。〈指ぬき〉は鼻骨から六センチほど内側にある前部帯状回膝下部のことだった。指ぬきほどの大きさだと扁桃体が教えてくれた。指ぬきがうまく機能しないと、長期にわたってうつ病になるのだとも。

扁桃体の指ぬきは十年以上も機能していなかった。

すらりとしたビルの一角に彼の机があった。彼の怒りがある。絶えず自らを調節し、敵対心に対応しながら奥歯を摩耗させる取締役の怒り。でも彼は幹部じゃないか。重役じゃないか。いっぱい持っているから消化不良になったのだ。そもそも失うものがない僕のひもじさとは境遇が異なる。

もちろん扁桃体も完全無欠ではないだろうけれど。

「キミが蛇を飼いたいのと似たような理由から、私はキリフィッシュを飼っている」

キリフィッシュ？　はじめて聞く魚の名前だった。彼はスマートフォンで写真を見せてくれながら説明文を読み上げた。

「キリフィッシュは雨季の短い間に発生する水たまりに生息する。乾季には卵の状態を保って水が溜まると孵化《ふか》し、三週間で成魚になると同時に老化がはじまり、五ヵ月で寿命を迎える。鱗《うろこ》の色がぼやけ、記憶はとぎれとぎれになり、腫瘍《しゅよう》が大きくなる過程で老化が進む——どうだ、育てている理由が見当ついただろう?」

わかるような、わからないような。どうしてそんな魚を育てるのですかと尋ねると、自分の〈鱗〉はすでにぼやけているし、記憶もとぎれとぎれ、しかも腫瘍まで見つかったからだと扁桃体は答えた。今すぐ死ぬわけではないが、余命は長くないとのことだった。

「退院する前日に、医者が好きな果物は何かと訊いてきた。桃だと答えると、たくさん召し上がってくださいと言うんだ。そのときは深く考えなかったが、いま思うと死ぬ前に桃でもたんと食っておけという意味だろう?」

だからこの歳になるまで知らなかったことをやってみようと思ったが、経験に勝るものはなし、遊び方を知らないから働いていた場所ばかり徘徊《はいかい》しているという話だった。そのうちに〈養殖が可能な脊椎《せきつい》動物の中でもっとも寿命が短い〉という謳《うた》い文句に引かれてキリフィッシュの卵を注文し、孵化させて二週間ほどになるそうだ。自分の死も間近だというのに、ほかの生命の生涯を見守ろうとするなんて意地の悪い冗談みたいだ。飼い主が先に逝ったらどうするのだと言おうとしたが、あまりに無礼な気がしてやり過ごした。

「だったら僕に送ってください。責任をもって育てますし、お葬式もちゃんとやりますから」

「そうか、ありがたいな」

扁桃体は冷笑するようにうなずいていたが、しばらくすると満面の笑みを浮かべた。

「約束だぞ？　キミがちゃんと育ててくれると」

「約束します」

「変な話だが心強いな。なんでもないことなのに気分がいい。新たな保険に入ったような」

そんなことにはならないはずだと言ったけど、彼は暗い本音を打ち明けた。

「妻と死別してから死ぬ方法ばっかり研究してきた。子どもがいなかった我々は、必ずしも夫婦仲が良いわけではなかった。それでも妻のいない残された時間が耐えられなくてな。六十四歳で配偶者も子どももいない、金なら腐るほどあるが、周りから同情されるんじゃないかとびくびくしながら暮らす羽目になるなんて、わかるはずもないだろう？　いや、違うな。わからないはずがなかった。私はどう見ても、そうなる道を進んでいたのだから。

自分を傷つける想像をしていると、あらゆるものが死の道具に見えてくるんだ。妻が買った輸入物の食器を食卓にずらりと並べ、自分の血を注ぐ想像をしてみる。ご飯茶碗、汁椀、パスタ用のくぼみのある器まで、なみなみと満たすんだ。包丁やハサミは見ているだけで身震いするし、ハンガーラックは絞首台に見える、どこまでリアルなのか、ガスバルブを見ているだけでぶるぶる震えがくるほどだ。

そうしているうちに……収まってくる。不思議なことに、そいつらが私を殺すという想像をすると、気分がいくらかマシになってくる。もうすぐ死ぬ予定なのだから、当座のストレスくらいはどうってことないと思えてくる。もやもやと湯気が立つ血や心臓を思い浮かべると心が落ち着く。これより効き目のある抗うつ薬は、まだ見つかっていない」

「そのうち大変なことになりますよ」

扁桃体は「わかっている」と短く答えるだけで、しばらく何も言わなかった。

「今を良いと思わなくては。〈私は今の自分が気に入っている〉。常にこの文章を維持していなければならない。混乱から引っ張り上げてくれる頼みの綱は、とにかくその文章に基づく選択だけなのだ。〈今〉という時制を肝に銘じなければな。過去は通り過ぎた瞬間に姿を変えてしまい、未来は〈我慢して堪えろ〉としか言わないからだ。とにもかくにも現在が、それも今この瞬間が重要なのだ。それでだな、キミは今この瞬間に何がしたい？」

「居心地のいいソファに座りたいです」

「よし。驚くほど素晴らしいソファを紹介してあげよう」

彼はタクシーを捕まえると、五つ星ホテルのラウンジカフェに僕を連れていった。ウッドテーブルと広いソファが置かれたカフェは重厚な雰囲気が漂っていて、客は僕たちだけだった。ソファに埋もれながら、あまりの快適さに「うーむ」と思わず声をあげていた。

それからも扁桃体にいくつもの場所と物を〈紹介〉されたが、それらを思い返すといつも光化門や孝子洞の風景が通り過ぎていく。僕たちがその場所で出会い、数多の道を歩き回り、そしてはしゃいだからだろう。

五回目に会ったときのテーマはこんな内容だった。

なぜ人間は不幸に囚《とら》われるのか？　納得のいかない不幸に囚われた人間を見ると、人はよく「どうしてああなのかな？」と不満そうに首を振る。本当に、どうして、ああなのか？　すべてにけりをつけるとでもいうように殺気立った父親が口ぐせのように言っていたのは「捨てちまえ！　全部放り出せ！」だった。おもちゃが箱の外に出ていれば全部捨てろと怒鳴り、机が散らかっていれば本を捨ててこいと言った。怯《おび》えた僕が泣き出すと、ガキも放り出せという大声とともに拳骨が飛んできた。結果として父親は塵《ちり》一つ捨てなかった。ショッピング狂の母親も、できそこないの息子も。彼は怒りを爆発させ、後始末をして、うまく治めていく人だった。お願いだから捨ててくれたらいいのに。

そういう面では母親も同じだ。父親が爆発するたびに「うんざりなんだよ、こんなしょうもない家。出てってやる」と呪文《じゅもん》のようにくり返した。その言葉を実行に移したのは、たった三日間だった。家に帰ってきた母親は、父親に内緒でサラ金から金を借りることはあっても、二度と家を出たりはしなかった。リモコンを聖なるもののように握りしめ、ホームショッピングのチャンネルを敬虔《けいけん》に視聴（敬拝）するだけだった。どうして同じ地獄にずっと閉じこもっているのだろう？　心にもない口先だけの台詞《せりふ》を吐きながら。

「心にもない口先だけの台詞ではないのだろう」

扁桃体はちゅっとタピオカティーを吸った。ココア味のタピオカティーの太いストローが口に挿さっているさまは、なんとも不自然だった。僕たちはアディダスのジャージを着て、今さっきそのジャージを買ったロッテアウトレット坡州《パジュ》店のテラス席に座っている。扁桃体のベンツは屋外駐車場に停めてあった。

真剣な対話にはふさわしくない場所だけど、平日だからかアウトレットモールの外は日差しが降り注ぐ静かな公園のようでもあった。〈坡州店グランドフェスタ！　多彩なイベントと追加セール！　アディダス70％セール！〉と印刷されたのぼりが翻っているけど、一着につき三万九千ウォンずつ払ったネイビーのジャージによって、その声なき叫びはすでに阻止されていた。

洋服が気に入ると、ショッピングに対する達成感が生まれた。しかるべき消費のおかげで気分がいいという満足感、資本主義らしい市民のアイデンティティを確認する瞬間というのだろうか。同じ色を着ているせいで、彼と僕は祖父と孫のように見えた。新しい洋服の物性（精神性）のせいで僕の気が散っている間も、扁桃体の話は続いた。

「……キミの両親は本心を述べているのさ。配偶者に対してひっきりなしに不平を言いながらも最後まで別れない既婚者は、実際のところ〈不平を言っている、その状態〉が好きなのだそうだ。これが結婚のとてつもなく恐ろしい秘密なのだろう。家庭を築き、配偶者への不満が募る、すなわち悪態をついて八つ当たりできる相手ができるということだ。人は誰しも、罵《ののし》る対象がとなりにいる状態を好むらしい。そうでないと人生に責任を負わなきゃならなくなるが、それは真っ平ごめんだ。だが結婚をすれば、永久にけちをつけられる相手ができるじゃないか。

結論を言うと、結婚は愛する相手とするのではなく、不平を言える相手とするものさ。キミの父親は、キミの母親にさぞ満足していることだろう。怒鳴るのが好きで、周期的に怒りを爆発させないと気が晴れない男におあつらえ向きの相手じゃないか？　キミの母親も可哀そうに思う必要はない。旦那《だんな》の本性を知ったのならキミを連れて逃げるべきだったのに、そうはしなかった。結局のところ、キミよりも父親を選んだわけだ。ふたりとも、自分が選んだ役どころを実にうまくこなしている」

僕は気の抜けた表情で抗議した。

「じゃあ、僕は？　選択なんて何もしていないのに、いちばん苦しい役柄をやらされているじゃないですか」

「誠に遺憾だが」

ちっとも遺憾じゃなさそうな声で彼は言った。

「毒親のお荷物は、子どもが一緒に背負うことになっている。それが運命だ。人間である以上、誰も逃れることのできない運命。だがそれなりに察知することは可能だし、距離を置いて考えることもできる。これが重要だ。わかっていてやられるのと、知らずにやられるのでは雲泥の差だからな」

僕は泣いた。腹が立って泣いた。彼の言葉は正しかったから彼が憎かった。正しい彼が、真実を語ってくれた彼が憎かった。扁桃体がぶっ壊れて感情を認知できなくなった患者みたいに冷徹な彼が、今この瞬間は両親よりも憎かった。

でも同時に気づいてもいた。彼を憎むこの瞬間を僕は楽しんでいた。真実の的が射貫かれ、さえぎられていた感情がその穴から噴き出していた。暴露がもたらす解放感からしくしくと泣く自分を恥ずかしいと思ってもいなかった。

もう八回は超えていたけど、彼との対話に中毒になっていた僕は会った回数を数えなくなった。数日後に尋ねてみた。

「おじさんの両親はどうでした？」

「私は聖女の息子さ」

彼の両親は当時としては珍しく高学歴だったが、運に恵まれず、暮らし向きは楽でなかったそうだ。

「母は聖女だった。聖女は苦難によって作られるため、周りの逼迫《ひっぱく》を必要とする。違った見方をすれば、自分の神々しさのために周りの心を拗《ねじ》けさせる側面もあるという意味だ。

母は嫁として嫁ぎ先で大変な苦労をするだけでなく、五年にわたって生計を立てながら父の看病もしなければならなかった。下《しも》の世話をしている間、嫌な顔一つしなかった。あそこまで絶対的で従順な〈善良〉〈腹も立てずにすべてをやり遂げる存在〉は、〈邪悪〉〈腹ばかり立ててすべてを押しつける存在〉を呼び入れるものだ。キミの両親が対をなしているように、私の親もそうなった。それが人間関係の属性なのだろう。責任は無責任と対になり、善良は邪悪と対になり……。

大きくなってみると、この世にはそういう聖女が少なくないとわかった。岩でできたスポンジのような人間たち。夫より何倍も強い女性たち。絶対に堕落しない、無責任なことをしない女性たち。本当に息苦しい天使さ。子どもは死にたくても、そんな素振りすら見せられない。死にたいというのは己の欲望だが、聖女の息子は己の欲望などのぞきこんではならないわけだ。私はいつでも優等生、模範生だった。一歩たりとも逃げることはできなかった。私の行動にふたりの命がかかっている、そんな感覚だったから。母は私を成功した息子に育て上げたが、幸せな息子に育てることはできなかった。

キミは未成年者だから親を怨んでも構わない。だが不幸に対して媚《こ》びるな。媚びたところで、せいぜい酸っぱくて苦い実を分けてもらうのが関の山だが、そんなものはなんの役にも立たない。自己憐憫《れんびん》に浸ってのろのろしていると、畜生になりがちだからな」

その晩、一坪ほどの孝試院の天井を眺めながら眠れずにいた。僕の本質は、結局のところ憎悪の形をした自己憐憫ではなかったのか。扁桃体はそれを見抜いたのではないかという気がしたのだ。近づきすぎた。そうつぶやいた瞬間、羞恥心《しゅうち》で顔が赤くなった。

秋夕《チュソク》7が近づいていた。一週間もの長い連休が決まると、すぐにジュンウォンから電話があった。彼は冒頭に一瞬だけ登場した同い年の金持ちの息子、両親とも教授で、全校一位で入学して、一位で卒業する人間だった。

「俺と済州島《チェジュド》に行かない？」

両親がリタイア後のために建てた家が完成したのだが、連休の間にお披露目《ひろめ》会のようなパーティを開くそうだ。

シン・ジュンウォンが友だちとして残っているのはミステリーだ。ふたりの共通点といったら本好きという事実しかない。彼は、うちの最低の家族を〈文学的に〉分析する間抜けなヤツだが、最近では高校中退という後光まで加わった僕をはなから崇拝していた。自分の父親を尊敬している人間って、僕はどう考えても信頼できないのだけど。

別荘は二千坪ほどあるミカン畑の真ん中に位置していた。家の一面がほとんどガラス張りになっているのも、その風景を取りこむためなのだろう。視界のいい日には漢拏山《ハルラサン》まで一望できた。ジュンウォンの両親は、この景色のためにここを買ったのだろうと見当がついた。

もっとも立派なのは離れだった。三角形の切妻屋根の下に作業場を兼ねた書斎があった。ホームバーとバスルームがついているので母屋に行くことなく引きこもれた。何よりも壁の一面には床から天井までぎっしりとつまった書架がある。背表紙を撫《な》でているだけで気分が良くなりそうだった。

招待されたメンバーは教え子がほとんどだった。善良な洗練された人たちで、学者や旅行家、会社員、レストランのシェフなんかが交ざっており、三、四歳の子どもがいる若い夫婦も二、三組来ていた。冗談とライフストーリーが緩やかに続き、酒と料理が途切れることはなかった。子どもたちは疲れを知らずに跳ね回っていたが、はしゃぎ回る子どもがいないと決して完成されない豊かな風景というものがあると、そのときはじめて知った。バーベキューが終わると、庭に一列に並んで花火をした。

二十人と一緒になって、楽しく無害な雰囲気の中で三日ほど過ごすと——頭が割れそうになった。この社交的な雰囲気に、なんの欠乏もなく和気あいあいとするばかりの甘い空気に耐えられなくなったのだ。僕は書斎に逃げこむと厚い本を選んだ。グラスとグラスのぶつかる音、子どもたちの金切り声、人びとの笑い声が大きくなるほど本にすがりついた。両親が喧嘩するたび、耳をふさぐために読書に飛びついていたのと同じ姿だった。一時的な大家族みたくともに過ごしたあの善良な人たちの、何がそんなに気に障ったのだろう？僕が偽悪的に本に潜りこんだのはなぜだろう？

「苦痛を知らない者には内面がないそうだ。彼らは運の良かった幼い子どもも同然なのさ。短い間なら問題ないが、長い時間をともにするのはつらいだろう」

済州島で感じた困惑を打ち明けると、扁桃体はそう論評した。

「でも、それってすごく心が狭いじゃないですか」

「そのとおりだが、だからこそ私の論評が気に入ったんじゃないのか？」

図星を指された僕は笑うしかなかった。

「想像の中でもっとも難しいのが苦痛だ。経験した者のみが、せいぜいその周縁を思い浮かべることが可能だからだ。しかも苦痛はひとりひとり異なるから、我々は誰かを完全に理解することも、想像することもできない。だから人間はお互いに神秘的な存在なのかもしれないな」

僕はこの気難しくて偏屈な老人のことがだんだん好きになっていた。


扁桃体が約束を破った。

はじめてのことだった。悪い予感がして、不幸にも当たった。光化門行きのバスを待っていたときに狭心症で倒れたのだった。

入院して四日後にようやく彼から電話があったのだが、自分でも気づかないうちに怒りをあらわにしていた。この四日間、僕がどんな気持ちだったと思っているのだ、住んでいるところも知らないし、何が起こったのかもわからないまま、何百回も連絡しながら、どんなことを考えたかわかるかと。ほとんど怒らない僕だけど、一度爆発すると父親と同じになる。瀑布《ばくふ》のようにひとしきり暴言を浴びせ、やっと理性を取り戻した。

「それで、今は大丈夫なんですね?」

「死んではいない」

扁桃体はたじろぐふりをしながら謝罪した。でも僕に謝る事態になったのを内心では楽しんでいるように聞こえた。

「キミが腹を立てるから気分がいいな。それくらい心配していたってことだから」

「いいから、病室の番号を教えてください」

病院に着いて向き合うと、心がひんやりした。いつだって完璧《かんぺき》な服装で決めている、つまりきちんと手入れされた高級な服と帽子に包まれた姿を見てきた。高級を剝《は》ぎ取られ、病院のロゴが入った患者服を着た彼は何倍も老いてみえた。肉が落ちて頰《ほお》はげっそりし、まばらな髪の毛が頭皮に張りついていたから、なおさらそう感じたのだろう。腕には点滴の針が刺さっていた。

「三十分しかかからなかったな。年齢も年齢だから、入院したついでにあれこれ検査もしておこうかと。今すぐ退院してもいいんだが」

血管にステントを入れる手術をしたというのに老人は元気いっぱいだ。むしろ気が抜けたのは僕のほうだった。入院したと聞いてどれだけびくびくしたか、自分の親が倒れたとしても、ここまでは驚かなかっただろう。

「おじさん」

おじいさんと呼ぶのが正しいけど、彼を年寄りだと思ったことは一度もなかった。付添い用の椅子に座ると、訊きたかったことを単刀直入に尋ねた。質問する時間はそう多くないと悟ったからかもしれない。

「おじさんは、一度も僕を子ども扱いしませんでしたよね。どうしてですか？　どうやったらそんなことできるんですか？　僕は同い年からも無視されてるっていうのに」

扁桃体は言葉を選ぼうと、しばし沈黙した。

「子どもではなかったからさ。キミはあの街にやってきて、いくらもたっていなかっただけだ。私はあそこで過ごした三十年で仕事もしたし、権力も味わったし、引退もした。もうあの街のことは読み切ったはずだったのに、キミが現れて新鮮に映ったし、思い出もできた。この歳で新しい友人に出会うなんて、なかなかあることじゃない。キミは良きジョギングパートナーだった」

「ジョギングですか？」

「私はあの街でいつも走っていた気がする。入社したばかりの頃は、首から社員証をぶら下げて昼飯に行くだけで意気揚々としていた。自分がこのビルに進入したという事実だけで胸が躍った。正気に戻ってみたら、同僚も先輩後輩も敵方に吸収された後だった。法人は人格ではないのに、私は会社を生きた人間だと思いこんでいたようだ。あっという間に解雇され、裏切られたショックは言うまでもなく、すべてが現実とは思えなくなった。回転ドアを一周して出てきただけなのに、いつの間にか老人になっていて、友人も妻も消えていたわけだから。最初はこのすべてを外国人社長のせいだと思っていたが、それだけではなかったんだな。私のせいだった。私の選択が、老年期のこの姿を作ったのだ。本当のことを言うと、終活の真っ最中だった。本をオンラインの中古書店に出品したのも、そのためだった。終活の次に何をするかは言わなくてもわかるだろう？

以前に、自分の心はゴミがぎっしりつまったパイプのようだと言っていたな？　私の心は古いマンションのようだ。撤去間近でもぬけの殻、割れたガラスからは隙間風が入ってくる、そんなマンションさ。キミはね、そのマンションで灯りのついているたったひとつの家みたいな存在だった」

扁桃体は老人にしか出せない穏やかな声で率直に語ってくれた。僕は何も言えなかった。ここで一言でも発したら、別れの挨拶《あいさつ》みたくなりそうで怖かったからだ。だからしきりに遠くへ旅立つ人みたいな話し方をする彼が気に食わなかった。

「本一冊で、随分と長いこと引き留めていたものだ」

次の言葉はさらに。

麻浦《マポ》にある彼のマンションに行った。病院に持っていく荷物を整理し、魚にエサをやるためだった。一度も招待されたことがなかったから内心気になっていたけど、玄関のセンサーライトが点いた瞬間に理由がわかった気がした。〈終活を終えた〉という言葉の意味が体感できるほど、彼の家はがらんとしていた。ベッドがひとつ、タンスがひとつ、ソファとテーブルひとつが家具のすべてで、床にはカーペットすら敷かれていなかった。どうすればここまで寒々しくなるのか。扁桃体の家は、たまに彼の顔に浮かぶ表情と似ていた。

テーブルの上には三、四匹ほどの青緑色の魚が泳ぐ小さな水槽が置かれていた。これがキリフィッシュか。はじめて話を聞いてから何日たったか数えてみたら、こいつらは老化が進んでいる最中だった。あの小さな頭の中に腫瘍ができているのか。でもどんなに歳をとっても、魚は年寄りには見えない。そのとき扁桃体からメッセージが届いた。

〈生きてたか?〉

ずっと気にしていたようだ。もちろんですよ、そう返信しながら横にあったエサをあげた。

〈ものすごく元気そうです。それでも来週からは亀とかを飼ってください〉

下着や靴下なんかを持って病院に向かう途中、ふと気がついた。

僕は自分の歩幅で歩いていた。言い換えるなら、都会を横切っているのに彼なしで歩いていた。ある意味では気楽だった。老人に合わせる必要なく、自分の速度で動いているから。

でも僕の歩みは徐々に速くなっていった。誰かに背後から追われてでもいるかのように速度を増し、ついには小走りでバス停に向かった。この一瞬の間に暗示を受けたのだった。そうか、こうなるんだな。歩を進めるたびに、ひとり取り残されたという現実を思い出すんだな。彼の不在を、彼の死後を、今からのぞき見たようでぞっとした。

扁桃体との対話を思い起こしながら光化門を徘徊する、遠い未来の自分を想像してみた。キリフィッシュはもしかすると僕なのかもしれない。彼が作った水たまりで、ほんの一時だけ生息して消える存在。僕たちは他人に対する関数でしかないのだと、作家のゴンブローヴィッチは言っている。扁桃体の死でX軸が消滅したら、僕は永遠に虚空から下りてこられないY軸になってしまうのではないだろうか。

病院に着いてエレベーターに乗っても、まだ恐怖から抜け出せずにいた。

僕は彼を知ったし、いつかは失うのだろう。彼を知ることでこれだけ大きくなった世界があり、彼を失うことでそれだけ消失する世界を抱いている。その空白まで含めたものが、おそらく未来の僕なのだろう。この気づきこそ、高卒認定試験の合格証の代わりに手に入れた十八歳の成果だ。その後の僕は若いうちに入隊し、いい歳になってから大学に入り、新入生に挟まれて気まずく座ることになるのだが、〈私は机の怒りだ〉と言った彼の声は相変わらず海馬《かいば》に残っているはずだ。

でもすべては未来の話だ。今の僕は十八歳で、病室に横たわっているとは言え、彼も変わらず生きている。彼の扁桃体も生きている。いつか彼がこんなことを言っていた。「憎悪、不安、怒り、愛、喜び……このすべてをブドウ一粒ほどの扁桃体が分析しているとは、実に興味深い。そのブドウを私の頭から取り出せたなら、残された時間を健やかに生きられるだろうに」。それは違う。扁桃体がなかったら、この大切な恐怖にも気づかないじゃないか。不安が秘密のように、宝物のように感じられるこの瞬間が、ひとりさすらうことになる遠い未来の日々の中で僕を守ってくれるはずだ。

病室に着くと、彼はうとうとしていた。そっと紙袋を下ろし、冷たい窓ガラスで額を冷やした。僕たちに読まれたがっている都会という名の巨大な本が足元に広がっていた。ここに書かれたものを読もうと、あんなに多くの路地を歩き回ったというのに、広げたページはあまりに少なく見えた。僕は何かを探す人のように足元を見下ろし続けた。彼と一緒に読む部分が、まだたくさん残っている都会を。

「何を考えているんだ」

浅い眠りから覚めた彼が訊く。

「何も」

遠い未来から今この瞬間をのぞき見ていたという秘密を隠したまま、僕は病室のブラインドを下げた。

1 芸術の殿堂　ソウルの南部にある総合芸術文化施設。
2 大峙洞　優秀な学校や進学塾が立ち並び、富裕層が多く居住する、韓国の教育熱を象徴する地域。
3 考試院　必要最低限の設備のみが置かれた滞在施設。本来は費用を抑えて試験勉強に集中するための部屋。
4 李舜臣　豊臣秀吉が朝鮮に出兵した際に日本軍に勝利を収めた名将。韓国では国民的英雄として尊敬されている。
5 教保文庫　全国に店舗を持つ最大手書店。光化門店は韓国初の大型書店として一九八一年にオープンした。
6 社稷壇　土地と穀物の神に豊作を願い、祈りを捧げるため朝鮮王朝時代に築かれた祭壇。
7 秋夕　旧暦の八月十五日の節句。豊作を祝い、祖先に感謝する日。

正常人

四年ぶりのメールだったが、ジュヨンはそんなものだろうと思った。正常人先輩は六年前も、八年前も、十二年前も同じだった。だらだらとこちらの近況を尋ね、自分が没頭している物事をさらに長ったらしく書き連ね、〈韓国に戻ったら会おう〉で締める唐突なメール。そのうち途切れるだろうと思いながらも、数年に一度の周期で大した内容もない消息を伝えるメールをやり取りしていた。先輩がうつ病の履歴を告白したり、ジュヨンが解雇直後の困窮を打ち明けたりしたこともあったが、ソウルとロンドンという距離のためか、内密な手紙がお互いの日常に影響を及ぼすような事態には至らなかった。だからこそ連絡が途絶えることもなかったのだろう。

メールの末尾には予想外の内容が書かれていた。先輩はすでに帰国していて、このまま韓国に落ち着く予定らしい。帰国後の処理を済ませたら、マルクスの生誕二百周年を記念して、五月五日に会うのはどうだろうと書かれていた。未婚のふたりにとって五月五日は子どもの日ではなく、マルクスが生まれた日ではあったが、わざわざその日に会おうだなんて、くすりと笑ってしまった。

返信しないまま一日を過ごしているとソンホから連絡があった。同じ内容のメールを受け取ったと聞いたジュヨンは気持ちが軽くなった。先輩には言っていないが、ソンホとは慎重に復縁している最中だった。

仕事を終えて帰宅したジュヨンは長いこと本棚の前に立ち尽くしていたが、やがて一冊の本を見つけ出した。『カール・マルクス／フリードリヒ・エンゲルス著作選集 一巻』。一九九一年に初版が、一九九五年に五刷が発行された。価格は一万八千ウォンで、本の厚みは三・五センチほどある。うんと奥のほうに収納されていたせいで、引っ張り出した途端に横の本が一斉に悲鳴をあげた。

ついでだからと、本をひと抱え出してきてページをめくってみた。二十歳のときに読んだ下線の引かれた部分を、四十歳を過ぎて読み返してみると妙な気分になった。これは二十年前の自分との再会だなあ。十桁《けた》の携帯電話の番号や端っこの落書き、今とはまるで異なる筆跡は自分が書いたとは思えないほど見慣れなかった。薄っぺらな概論書を開くと、払わなかった消しゴムのカスがそっくりめり込んでいた。弁証法を説明する螺旋《らせん》階段を二十年にわたって覆っていた消しゴムのカスは、払っても、払っても、払いきれなかった。ジュヨンの脳裏に残っている記憶の欠片《かけら》のように。

「あんたが、うちのキャンでは最後になるから」

ナギョン先輩が闇に向かって煙草の煙を長く吐き出した。背もたれのない椅子に座るジュヨンは、おでん《オムクタン》の汁をすくおうとしていたスプーンを止めて顔を上げた。

「今日かぎりで旗を下ろすから。私ね、公務員試験の準備をはじめるつもり」

先輩の表情はくねくねした髪の毛に隠れて見えなかった。あの伝説のパーマは、セクハラ発言をやらかした土木科の男子学生たちから公開謝罪を引き出した日、記念にかけたものだ。ヘアスタイルがロングストレートから太いパーマに変わると、ナギョン先輩のカリスマ性は四倍ほど高まった。

ジュヨンはリアリズム文学会で社会科学の勉強に触れていた新入生のとき、高学年の先輩にこう提案された。唯物論をもっと集中的に教えてくれる人がいるのだが、会ってみる気はないかと。会ってみると答えてからは、ナギョン先輩の指導のもと『哲学の基礎理論』や『経済学の基礎理論』をはじめとする概論書を習得した。『共産党宣言』に入った日だった。夕飯と晩酌を兼ねた席で、先輩がだしぬけに宣言したのだ。このセミナーがキャンで行う最後の運動だ、実家がペンペン草も生えない状況に陥っているので、卒業と同時に家族を養わなければならない立場になったと。

ジュヨンはリレーのアンカーになって見えないバトンを渡された気分だった。自分がこのバトンを握ることになるのは明らかだが、トラックがどこに続くのかわからなくて呆然自失といった感じだった。今日ははじめてマルクスの本物の文章を目にした日だった。「ヨーロッパに幽霊が出る……」。なんて煽動《せんどう》的なのだ！「鎖のほか失うべきものをもたない、かれらが獲得するものは世界である」。最後のページを閉じながら胸がいっぱいになった。たぎる血を鎮めようと焼酎を飲んでいたところに、先輩が爆弾発言をしたのだった。

　韓総連[1]の名残の世代であるジュヨンは確かな予感に囚《とら》われた。武侠《ぶきょう》小説さながらだった先輩たちの時代が幕を下ろした状況下では、どんなに求めたところで〈今日かぎりで旗を下ろす〉みたいな台詞《せりふ》しか聞くことはできない。心の中に幻滅なのか失望なのかわからないもやもやが立ちこめたが、ジュヨンはそれも嫌いではなかった。そんな中でキャンパスを〈キャン〉と略す先輩の言葉を心に刻んだわけだが、キャンパスはキャン、共産党宣言は共宣言、マルクスはもちろんマルス。こんなふうに略語を使うと、なんて言うか、その世界と親しくしながらも専門的に扱っている気分になった。キャンパスをキャンって呼ぶと、平凡な大学街が一つの陣地のように丸くまとまるように思えた。

「人の話、聞いてるの？」

　いつの間にか普段の声音に戻ったナギョン先輩は、物思いにふけるジュヨンを我に返らせた。ジュヨンが運動圏の有望株になれなかったのは、時代のせいというよりも、横道にそれすぎる集中力不足のせいなのだろう。

「終わらせるにしても、あんたのことはきっちり責任取るから。勉強する場は見つけておいた。もう一冊だけ一緒に読んでから、そっちに移ればいい」

「あっちに行けとかこっちに行けとか、うるさいなあ……」。反発を覚えながらも、ジュヨンが先輩たちの指示に背いたことはない。その後に他校で開かれた外部セミナーに参加してようやく、自分がリレーの走者なのではなく〈バトン〉そのものだったということ、先輩同士の間で話がついて、自分はこっちからあっちのセミナーに引き継がれたのだということに気づくのだった。


ジュヨンがナギョン先輩と最後に会ったのは新村《シンチョン》にある書店〈今日の本〉だった。

「好きに見て回って」

先輩は慣れたようすで店内を回りながら、本を抜き出したりメモを取ったりしていた。一方のジュヨンはどうしていいかわからずにいた。おそらくこの書店にあるもっとも簡単な本を読む人間が自分なのだろうし、しかもその本ですら、今日買う予定だったのだから。ジュヨンは足音を立てないように用心して歩きながら、陳列台に置かれた本をじっくり眺めた。最初の目次からして、さっぱりわからない。〈そうだね、哲学用語辞典でも買えばよかったのに〉。顎《あご》ひげと長髪の革命家たちが、本の表紙からそう話しかけているようだった。

ナギョン先輩が勧めてくれた本はどれも長い注釈がついていたり、〈参考文献〉という巻末付録があったりした。こういう付録がついているってことは、この本はガイドブックのようなポジションだという意味だったし、これから読むことになるであろう数はとてつもないという意味でもあった。首を切り落とすと、その断面から新たにいくつもの首が生えてくる怪物のように、学ぶべき本は膨れ上がっていった。

なぜジュヨンはこういう本に惹《ひ》かれたのだろう？　消化されない観念を丸飲みすることが、どうして喜びになったのだろう？　社会科学の勉強は不思議だった。知識が増えていく感じはなくて、逆にわからないことが増えていく学問だったから。勉強するほど理解できないことが具体的に増していくので頭が破裂しそうだったし、にもかかわらず世界の本物をかじっているようで心臓が破裂しそうだった。頭と心臓のどちらも破裂しなかったのは、途中で秘密の恋愛やアルバイトも経験したからだろう。

知らない人ばかりの場所にひとりで行くのは勇気が必要だった。ナギョン先輩が教えてくれた回基洞《フェギドン》にある大学の講義室へと向かいながら、ジュヨンは今からでも辞めようかと考えあぐねていた。人文学部の校舎を探すのに手間取ったせいで遅刻確定だったし、ここで引き返したとしても誰も何も言わないのだから。探していた講義室が眼前に現れ、葛藤の末にどうにでもなれとドアを開けた。室内には椅子を円形に並べて座っている一団が見えた。

あの集まりを、なんて呼ぶべきなのだろう。ジュヨンはダイアリーに〈外部セミナー〉と書いていたが、メンバー同士では〈原書読み〉、あるいは〈集まり〉と言うだけで名前もなかった。二週間に一度、親交のない者同士が集まって決められた分量を進めていく。少なくない枚数だが全員きっちり読みこんできていて、先輩の発題を聞いてからディスカッションに入る。たまに年季の入った飲み屋で打ち上げをしたり、誰かの誕生日ケーキにナイフを入れたりもした。奇妙なことに誕生日は訊《き》いても、お互いの連絡先は尋ねなかった。しかも正確な名前すら知らない人も多かったのは、半分以上が本名を名乗っていないからだった。

セミナーの牽引《けんいん》役であるチェ・ギジン先輩——もちろん仮名だ——は初日なので自己紹介が必要だ、この集まりに参加することになった動機を述べようと言った。

「今のこの時代、マルクスは教養ではないでしょうか? 私は教養を身につけに来ました」

「うちの大学の学生自治会は主思派[2]なのですが、まったく勉強させないんです。運動を続けるのなら、こんなに無知ではいけないと思ってここに来ました」

「哲学を独学で続けてきたのですが、これまでは観念論だけを掘り下げてきたので、唯物論をきちんと学んでバランスを取りたいです」

全員が立て板に水だ。半数ほどは距離を置いた気乗りしなそうな態度だったけど、自分を目立たせるための単語を選んで話しているようだった。順番が回ってくると、ジュヨンは熟慮の末にひと言だけ挨拶《あいさつ》した。

「私は……マルクスの文章が好きなので参加しました」

まるで〈にわか〉のようなデタラメを！ 〈それらしく〉見えようとして、いちばん反動的な動機を告白してしまったというわけだ。別の見方をするならば、その場の雰囲気にもっとも便乗した答えでもあった。

慣れないし、緊張ものだった初回の集まりは、アレックス・カリニコスの『マルクスの革命的思想』を半分ほどチェックするところからスタートした。ジュヨンはこういう本をたった二回で終わらせるという事実にプレッシャーを感じたが、ナギョン先輩とくまなく読んでいたおかげでバカみたいに座っていなくて済んだ。この本でジュヨンがもっとも感銘を受けた部分は、マルクスが『資本論』の一巻を終え、エンゲルスに手紙を送ったくだりだ。


この仕事が可能だったのは、ひとえに君のおかげです。僕を思う君の自己犠牲がなかったら、決して三巻にも及ぶ膨大な著作を終えることはできなかったはずです。心からの感謝で君を抱擁するよ。

二枚の校正紙を同封します。

十五ポンドは大変ありがたく受け取りました。
それでは、愛する友よ！

二十歳のジュヨンはこの類《たぐ》いの手紙にぐっとくる。三十歳になっても、四十歳になっても、それは同じだった。ゴッホが弟のテオに宛《あ》てた手紙や、ミハイル・ゾーシチェンコが文友に送った手紙のように、貧しい者の小さな喜びに満ちあふれた文章は、いつだってジュヨンの心を打った。おそらく大した額ではないのだろうけど、受け取った側はその金を元手に次の作業を夢見る。エンゲルスがマルクスに送った金こそ〈資本論〉が世に出るのに必要な最小の資本だったのではないだろうか。金の呼び方を貨幣、資本、賃金と変え出したジュヨンにとって〈十五ポンド〉のくだりは、金銭に換算することのできない金貨のように輝いていた。

「ところでマルクスが悪筆のせいで就職できなかったっていうのは、すごく面白くないですか？」

打ち上げの席では軽い話題が行き交った。誰かがその手紙について言及すると、生涯にわたってマルクスに献身したエンゲルスに対する称賛の嵐が続いた。すると〈正常人〉という独特な通称——本名のはずがないので——を名乗る人が、付箋《ふせん》に書き留めておいた自身のメモを読み上げた。

マルクスの生涯で私の胸を打ったのは、偉大な一冊の本が世に出るまでの間に彼の家族が経験した数々の出来事だった。赤貧生活の中で母親は泣きながら生き残った子どもたちとの死を願い、書物と冷笑の中に逃げこんだムーア人（家族がつけたあだ名）は洞窟《どうくつ》のような書斎に立ちこめる紫煙とともに、日々膨れ上がっていく思想、日々膨れ上がっていく参考文献、自身の完璧《かんぺき》主義と闘っていた。エンゲルスが送ってくれる数ポンドがなかったら、とっくに消えていたはずの、彼らの死に物狂いの人生に注視すると『資本論』はマルクスの家族に生まれた末っ子のように思えてくる……。

「わあ、素敵ですね」

ジュヨンは素直に感嘆した。ほかのメンバーも同じだった。友情にかんする会話が行き交う間は、少し感傷的な雰囲気になった。

「彼らが語っていたのは革命ですが、そこに私が見たものは友情です」

「おっしゃるとおりです。『資本論』は友情の賜物です」

「マルクスが『資本論』を書いている間にエンゲルスが支援していた金、本が完成するまでにかかった〈資本〉を考えてみてください。友情の資本。友情が資本になる主義。友情の資本主義があったら、どんなに良いでしょうか」

〈ここの人たちは、本の登場人物みたいな話し方をする〉と、ジュヨンはノートに書いた。そして〈友情の資本主義〉という言葉を力強く記すと、丸を二つつけた。ギジン先輩がいない席では、メンバーはロマンチックな言葉を芝居がかった語調でまくし立てた。その代表格といえるのが正常人だった。外見は平凡だったが、口を開けば非正常とも思えるほど熱狂的に騒ぎ立て、自分は理想主義者であることをちっとも恥ずかしいと思わない、数年以内に〈理想主義の理想主義〉を見つけるためヨーロッパへ旅立つ予定だと言っていた。私たちは〈正常人さん〉〈常人兄貴〉、あるいはシンプルに先輩と呼んだりしていたが、それは私たちよりかなり年上だからだった。

ここで言うところの〈私たち〉はジュヨンと同い年のソンホを指す。ソンホは中高とずっと学級委員を務めてきたのに、読んだ本が少なさすぎるのが恥ずかしくて来たのだと言った。集まりのメンバーでふたりだけが新米だったから、ジュヨンは彼とすぐに打ち解けた。だからマルクスの原書もソンホと一緒に買いにいった。

〈今日の本〉はいつ行っても空いていたけど、だからと言って閑古鳥が鳴いているわけでもなかった。三、四人以上の客が完全に没頭した表情で本をのぞきこんでいた。ジュヨンは断固とした足取りで、ウラジーミル・レーニンの『国家と革命』、カール・レーヴィットの『ヘーゲルからニーチェへ』、そして待望の『カール・マルクス／フリードリヒ・エンゲルス著作選集 一巻』を選んだ。意気揚々とレジに本を置いたジュヨンは、己の見栄をはっきりと認識した。見栄の果ては本の包装にあった。ここは書籍を購入すると客の要求に応じて表紙にカバーを掛けてくれるが、テープの代わりに〈今日の本〉と印刷されたステッカーを使っている。ジュヨンはそのステッカーを得意げに見下ろした。そんな自分がこそばゆかったが、満ち足りた気分とまではいかなかった。

ふたりは厚い本を抱えてカフェに入った。そして洋綴《と》じされた表紙を厳かにめくった。最初のページにはマルクスの肖像とサインが、二ページ目にはエンゲルスの肖像とサインが現れた。ジュヨンはエンゲルスの長いひげをのぞきこみながら、文章を書くたびにひげが机に当たったのだろう、だから先端が曲がっているのだろうと想像した。

三ページ目には、とても流し読みなどできない文章が刻まれていた。

　我らの永遠の友であるパク・ジョンチョル[3]同志に、この本を捧げます。

二十歳なんて軽い風船みたいなものだから、ジュヨンは重いものにばかり惹かれた。厚い本、重々しい概念、重厚な文章。緊張感の中で鉛の塊のようなその重みを尊んだ。

大学は長期休みに入った。つまりアルバイトがスタートしたという意味だ。

ジュヨンは狎鴎亭《アックジョン》にあるデパートの催事場でワイシャツを売った。立ち仕事を九時間すると脚がぱんぱんに浮腫《むく》んだが、はじめて労働者になった気分だった。ついに理論と生活が嚙《か》み合ったのだ。陳列台の下にしゃがみ込んでふくらはぎを叩いていたら、唐突に〈対立物の統一と闘争〉こんな言葉が浮かんできた。なんの意味もないけれど勇気が湧《わ》いた。

開店準備を急ぐ朝のデパートは戦場さながらだ。品物を引っ張り出して陳列するため、スタッフ用の廊下や倉庫は大騒ぎになる。セッティングを終えると全員が売り場の前に出て姿勢を正す。一斉に挨拶を復唱し、最後にどうしても理解できない過程を踏まなければならない。国民体操の音楽が流れ、全員がそれに合わせて体操をするのだ。

困るのは表情だ。国民体操だから、どんな動きをするのかはわかっている。でも体操しながらどんな顔をするべきなのだろうか？　前の売り場の人と目でも合おうものなら、気まずいことこの上なかった。結局はほとんどが表情を消した表情、つまり無表情を選ぶようになるのだが、全員が無表情に国民体操をする姿は、デパートの照明の下にあまりにも非現実的な風景を作り出した。〈命じられたからやるけど、やる意味はわからない〉という意思を伝えるため、必死になって作る無表情。それでも体操を拒否する人はひとりもいなかった。各階ごとに担当者が見張っているからだ。

〈これが疎外なんだな〉

その瞬間、ジュヨンの頭にハンマーのように二文字が振り下ろされた。

〈我々は一日中ここにいながら商品を販売するが、デパートの財貨から疎外されている。

我々の人件費と比べ、商品の価格は途方もなく高い。ブランド物の化粧品ひとつが、私の一ヵ月の人件費に相当することも珍しくない。昼夜を問わず働いたところで、私の賃金ではこのデパートのちっぽけな商品も気軽に買えない。それだけでなく、管理者の指示に従って不自然な体操までしなくてはならない。つまり我々はこの商品から、この空間から疎外されているというわけだ……〉

ジュヨンはうれしさのあまり、もう少しでにこにこ笑い出してしまうところだった。概念としてしか存在していなかった用語が、ついに自身の人生とつながった瞬間だった。〈疎外〉を実感しながら、厚い哲学書に疎外される気分から脱出するなんて皮肉だった。集まりの席でこの話を披露する自分の姿を思い浮かべながら、ぐっと伸びをした。

「世界はすでに作られている事物の複合体ではない、過程の複合体としてのみ把握されるべきであり、そうした脈絡から、一見すると固定的な事物だとしても、生成と消滅が続く変化の中にあるということを……」

ギジン先輩の声が今日はやけに小さく聞こえる。つけっぱなしになっているラジオからはイ・ソラの歌が流れてきた。ジュヨンの頭の中でマルクスとイ・ソラが入り混じっていたが、徐々に減少していき、そこに別の考えが流れこんできた。その瞬間、奇妙なデジャヴュを見た。全員が没頭している空気からすっぽり抜け出す感覚、考えの水草がゆらゆら揺れ、異なる水路を訪ねていく感覚。こういう瞬間は甘く、ジュヨンはこの誘惑に抗《あらが》ったことはなかった。〈ハッブルールメートルの法則〉を学んだ十七歳から一度も。

高校一年生、地球科学の時間だった。教師の単調な声とうららかな春の陽気、昼休み直後の五時間目の気だるさが重なったあるとき、ジュヨンはふと気づいた。クラス全体が居眠りしていて、もしかすると教師すらも半分寝ながら授業をしているこの状況で、意識が鮮明なのは自分だけだと。窓越しに満開の木蓮が見えたが、しっかりとした花びらは一枚も落ちていなくて、まるで時間が停止したようだった。

教師は黒板に正比例のグラフを描いた。距離と速度にかんするハッブルースライファーの図表。これは宇宙が果てしなく膨張していることを意味する。今この瞬間も、螺旋形の銀河は我々から遠ざかっているという事実。その巨大な概念に圧倒されたジュヨンは線分の端を伝い、己の存在を教室の外から、国の外から、地球の外から、つまり宇宙から眺めるようになった。その幽体離脱のような一瞬の間に想像は蜜《みつ》のごとく濃密に流れ、一種の瞑想《めいそう》状態を作り上げた。この場にいながら別の世界に属する感覚になるたび、ジュヨンはハッブルールメートルの法則を思い浮かべた。

「……この部分をどう思う？」

質問されてようやく我に返った。素早く顔を上げたが、ギジン先輩の質問の内容はわからなかった。ジュヨンは違うことを考えていたのがバレないよう、反射的に別の質問を返していた。

「ラジオ、消したら駄目ですか？」

するとと全員が本から目を上げ、まじまじとジュヨンを見つめた。周知の事実を知らないのかと言うように。

先輩は咳払いすると「ちょっとボリュームが大きかったかな？　下げなきゃな」と答えた。ジュヨンは釈然としないものを感じたが、意地を張って食い下がった。

「どうして我々は毎回ラジオをつけて勉強するのでしょうか？　誰も聴いていないのにつけっぱなしなんて、おかしくないですか」

「盗聴のためだ」

ギジン先輩はささやくような、恥じているとも言える口調で打ち明けた。外国語を聞いたときのように、すぐには意味を察することができなかった。盗聴？　うちらみたいな小物に誰が注目しているって？　マルクスにかんする本が禁書ではなくなったのは、かなり前のことだ。ギジン先輩は誇大妄想の患者なのかと思うほどジュヨンはあきれていた。メンバーは本の内容について掘り下げているだけで〈会得〉や〈行動〉とは五億光年は離れている人たちだ。万が一、この本の表紙が血の塊が入ったスープ《ソンジクッ》のように真っ赤だったとしても、ここでやっていることと言ったら本を読み、討論する以外は何もなかった。それなのに、そんな会話すらも盗聴を恐れて『にこにこショー』をつけっぱなしにするなんて、こんなのブラックコメディじゃないか。

「本当におかしいと思わない？　盗聴だなんて」

集まりが終わってバス停に向かう途中、ジュヨンはソンホに話しかけた。ソンホは「用心するに越したことはない」と答え、ジュヨンを鼻で笑わせた。すると前を歩いていた先輩が加勢した。

「ギジン先輩は二度も収監された人だから。体に染みついて癖になってるんだと思わないと」

「本当ですか？　先輩、どうしてそれを知ってるんですか？」

「噂で聞いたから。慣れたのか気にもならないし。むしろラジオがついているから、講義室もカジュアルな空気になるんじゃない」

〈カジュアルだなんて、いい気なものだ。デパートで流す国民体操の音楽と同じくらいの不条理劇だと思うけど。マルクス云々《うんぬん》しながらキム・ゴンモとか緑色地帯の歌を流してるほうが、よっぽど笑えるんですけど。不自然なことはですね、恥ずべきことなんですよ……〉。ジュヨンは心の中でまくし立てた。厚い本の中毒になるとシニカルな態度という副作用を経験するものだが、今がまさにその状態だった。ジュヨンは周囲の鳥が落としていった羽根を拾って尾に飾る青二才だったが、自分のシニカルさも、あの集まり特有の話し方になっていることには気づけていなかった。

長期休みが終わり、秋が色づく頃、集まりは予期せぬ出来事で空中分解した。ギジン先輩が検挙されたのだった。

「あの集まりのせいですか？　そんなはずが」

ナギョン先輩から連絡をもらったジュヨンは信じられなかった。この時代に思想のせいで引っ張られる人がいる、それも自分の知っている人がという事実に、ショックで立ち直れなかった。

「そういうわけじゃないけど……それでも当分は静かにしてなさい」

「ギジン先輩って、どんな人なんですか？　先輩は、ギジン先輩をどうやって知ったんですか？」

「私も、あの先輩から学んだことがあるの」

もう一度質問してみたけれど、ナギョン先輩は詳しいことまでは話してくれずに口を閉ざした。だからジュヨンはギジン先輩の正体を知らない。でもだからこそ、神秘化されたギジン先輩は運動圏の幹部のイメージとして永遠に残るのだろう。

数週間が過ぎても何も起こらないと、ジュヨンはようやく安堵《あんど》した。そして隔週で会っていた人たちとも、ラジオをつけたままの討論とも、芝居がかった禅問答のような打ち上げとも二度と会えないのだと思うと、名残惜しい気持ちがいつまでも消えなかった。

ジュヨンが社会科学の勉強を再開したのはその年の十一月、労働者前進大会で正常人先輩と会ったのがきっかけだった。行列の外に立っていたら鉢合わせし、うれしくなったジュヨンが手を振ると、先輩はソンホも近くにいるはずだと列の中から見つけ出した。幾多の旗と人波のど真ん中で偶然に会うなんて奇跡に思えた。別れ際に電話番号を交換し、再会を約束した。

「俺たちだけでもやってみるか?」

三人で会った席で正常人先輩がこう切り出したとき、ジュヨンは考えてみるふりをしたが、自分は応じるだろうとわかっていた。原書の最後の単元は相変わらず下線が引かれないまま残っていたし、だからあの本が目に入るたびに未完成の原稿を見ているようでもやもやしていたからだ。

これからは回基洞の韓国外国語大学じゃなくて檀国大学《タングク》だ。まだソウルの漢南洞《ハンナムドン》にあった。平坦な外大と違い、小高い丘になっていて木が生い茂る檀国大学のキャンパスを上りながら、ジュヨンはこの集まりの終わりはどこだろうと想像してみた。ソンホが軍隊に入隊したら終わりだろうか? 初日に最後の場面から推測してみる癖はナギョン先輩とのセミナーのせいだったが、ジュヨンにとってはそれからも変わらない、ある種の心理的な伝統になるのだった。

「新左翼の想像力」

「はい？」

「この本にしよう。マルクスの原書が終わったら、俺たち六八年の五月革命に進もう」

単刀直入に本論を切り出した正常人先輩が一冊の本を差し出した。正確に言うと、六冊積んである中でいちばん上の本を下ろしたわけだが。ジュヨンは素早く残りの五冊をチラ見した。トロツキー、アルチュセール、グラムシ、ベンヤミン、フーコーの名前が目に入った。先輩の目まぐるしい痕跡が一目で見てとれるようだった。

正常人先輩が主導するセミナーは、理解するというより誤解する過程だったと要約できる。先輩のスタイルがそうだった。まずはたくさんの本を買いこみ、見る。目次と序文、一、二章まではあっという間に読破する。そしてぐずぐずとあちこちに目を通してから訳者あとがきを適当に読み、次の本のハードルへと移っていった。先輩は麺料理《クックス》を食べるときもつゆを飲み切らずに残す人だったが、読書の習慣もそれと似ていた。

ジュヨンは〈三人目のセミナーの先輩〉となった正常人先輩に影響され、新しい楽しみ方を習得した。広く浅く、本の要点よりも著者が何気なく書いた美辞麗句に多くの下線を引く読み方にも、それなりの面白さがあった。三人は速いスピードで本を読破していき、主要な概念よりも〈厭世《えんせい》の痰唾《たんつば》〉〈思弁のクモの巣〉といった言葉を吟味した。ノートには〈〇〇の〇〇〉からなる文句があふれていたが、あとからのぞいてみると、何を勉強したのかも不明瞭な状態だった。

それでもジュヨンが二週間に一度ずつ檀国大学の丘を上ったのは、キャンパスの隅っこに座って雑談をするのが楽しかったからだ。雑談は雑談でも本を広げてしゃべっていたし、その日のテキストが三人の間に置かれていたから、集まりは緩やかだけど持続力があった。サークル活動で忙しいソンホが来られなくて、正常人先輩とふたりで会ったこともあるが、異性間にあれほど化学反応がないのも珍しいと思うほど気が楽だった。ある意味ではナギョン先輩よりも〈姉貴分〉らしい先輩だった。幅広い文化や教養を誇る一方で、芸能人のゴシップまで精通している正常人先輩はジュヨンと馬が合った。

本を読む集まりには新メンバーがひっきりなしに出入りした。誰もが正常人先輩の妖術《ようじゅつ》に惚《ほ》れこみ、やがて中身のない集まりに失望して抜けていった。固定メンバーはジュヨンとソンホだけだった。ふたりは先輩に内緒でつき合っていたが、不意打ちのように脱退するのもどうかと思ったので、相変わらず集まりには忠実に参加していた。

ともにする時間が長くなるにつれ、正常人先輩の真の才能は別にあることをジュヨンは知った。本人は軍事学を学んで民衆を管理しなければと言っていたが、彼がもっとも得意とするのは飲み会の二次会を管理すること、つまり二次会から三次会へ流れるときに参加者が離脱しないよう導くことだった。帰ろうとするメンバーに号令をかけ、首に腕を回して必ず飲み屋の席に座らせるのも才能といえば才能だ。営業マンが会食の席で光を放つような手腕だったが、先輩が望む進路は別にあった。

「職業にしたいのは革命的な社会主義者、まさにそれだ」

ジュヨンは首をかしげた。社会主義者になるのはなんとか意識化されたとしても、革命はどこでするつもりなのだろう、しかも職業にするって？　卒業を数ヵ月後に控えた大学四年生の台詞とは思えないけど？

「ロンドンに留学するつもりだ。トロツキーの勉強をしに」

韓国の社会主義はスターリン主義一色で限界を感じたのだと、正常人先輩は厳かに宣言した。イギリスではなく、名指しで〈ロンドン〉と言ったのは大英図書館を念頭に置いているからだった。〈留学〉とは言ったものの事実上は独学を予定しており、モデルは大英図書館の前で野宿しながら二十五歳の若さで『アウトサイダー』を書いたコリン・ウィルソンだ。マルクスやベンヤミンが通り過ぎていった大英図書館に座り、自分にしか書けない本を執筆するのが正常人先輩の夢だった。あらゆる独学者を尊敬し、彼らの系譜のない世界観を崇拝していた。

一年以上にわたって続いた集まりも、とうとう最後を迎えた。先輩が部屋を引き払う日だった。ジュヨンとソンホが行ってみると、二部屋ある家の外に柱のような本の束が五つ立っていた。そのほかの縛っていない本の山を指差すと、好きなのをいくらでも持っていくようにと先輩は言った。家具といったら洋服掛け、机、飲み物用の冷蔵庫がすべてだったが、冷蔵庫はコンセントを抜いてビデオテープをしまう場所にしていたようだった。

運送用の車を呼んで先輩の実家に本を送り、ジャージャー麺と酢豚で最後の晩餐《ばんさん》を囲んだ。少し鈍感なソンホと、少し敏感なジュヨンはそれぞれのやり方で先輩を愛してきたが、どうやって別れの言葉を切り出すべきかと気まずい雰囲気だった。

猛烈な勢いで酢豚を食べていた先輩が「痛っ!」と悲鳴をあげた。

「どうしました?」

「いや、なんでもない」

先輩は肉の欠片と一緒に抜けた歯を吐き出した。

がりがりに痩《や》せた先輩の栄養状態を考えると、食事中に歯が抜けるのはさほど驚くことではないのかもしれない。でも抜けた歯をシャツのポケットに入れるのを見たときは驚愕《きょうがく》を禁じ得なかった。今すぐ歯医者に行くべきだ、歯がいくらするか知っているのかと小言を食らうと、ようやく先輩はもぞもぞと歯をティッシュに包んで眼鏡ケースにしまった。

先輩は歯の治療をしてから旅立ったのだろうか? 知りようもなかった。そして二十年の月日が過ぎた今、ようやく確かめられることになったのだ。

「これ、見ろよ。新訳が出たんだな」

光化門《クァンファムン》の教保《キョボ》文庫で再会した正常人先輩は、昨日別れた人のように気兼ねなかった。先輩の手にはアレックス・カリニコスの『カール・マルクスの革命的思想』があった。訳者が変わり、表紙が変わり、タイトルに〈カール〉がつけ加えられていたが、この本が変わらず書店にあるという事実にジュヨンは少し感動していた。今も生命力を持ち続け、新刊コーナーで紹介されているようすを目にしたのは、正常人先輩との再会と同じくらいうれしかった。

最初の一言は自然に交わせたが、その後はそうもいかなかった。ふたりはソンホが到着するまで、すでに知っているお互いの近況を硬い態度で報告した。編集者として経歴を積んできたジュヨンは、一緒に働いていたデザイナーと独立して小さな企画会社を設立し、正常人先輩は大学の非常勤講師として働いていた。

「週に何コマ担当しているんですか?」

「二コマ」

二コマ講義するために忠清南道《チュンチョンナムド》の天安《チョナン》とソウルを行ったり来たりしているが、交通費にもならないので辞めるつもりだそうだ。ソンホが息せき切って駆けつけ、三人は教保文庫を後にした。

鍾路《チョンノ》の裏路地に入ってマッコリで喉《のど》を潤すと、ようやく一息ついた。ねぎのチヂミ《パジジョン》でやかん二杯のマッコリを空けると、正常人先輩は告白するように言った。

「本当は帰国して二年ほどになるんだ。今までバタバタしていて、いや、勇気がなくて連絡できなかった」

正常人先輩はそう打ち明けると、すっきりしたというように安堵した。

二十年の歳月は大雑把にまとめられ、〈イギリス時代〉の詳細が語られることはなかった。もちろん英語で勉強するのに苦労したし、韓国からの留学生とさまざまな集まりを開催しては解体し、たまにシティツアーのアルバイトをしながら、なんとか暮らしてきたというくらいだった。学位に対する欲はなかったから修士だけはなんとか終え、そこからは図書館にこもったが思ったほどの成果はなく、歳月だけがあっという間に流れてしまったとのことだった。明るくない表情を見ていたら、根掘り葉掘り訊きにくくなった。

最初のうちは大学時代の思い出を肴《さかな》に杯を傾けた。そのうちに新聞の小さな記事が批判の的になり、韓国社会の慢性的な病弊がどうだとか語ってから、以前は情勢分析と呼んでいた時事関連のニュースの話題に乗り換えた。会話は徐々に拡大し、メキシコ国境に滞在している中南米からのキャラバン、〈ローン・ウルフ〉と呼ばれる殺人者たち、ISとテロ、トランプ大統領と金正恩《キムジョンウン》にかんするやかましい討論に至り、先輩の熱狂的な論評が続いた。

やがて巨大なテーマをひとしきり振り返った後の空しさが彼らを襲った。大きすぎるテーマで騒ぎ立てた後にやってくる奇妙な空腹のようなもので、会話が途切れる最後の停留所でもあった。世界は変わることなく大虐殺の修羅場だし、右派のファシストは相変わらず勢いに乗っていて、変革の動きは減少あるいは風前の灯火だというのに、それをしゃべり散らしている己の存在はあまりにも縮小していることに気づいたときの沈黙。大学時代からよくこういう沈黙に浸ったものだった。若い頃には未来にかんする言葉でその沈黙を破ったが、小市民に成り果てた中年にはほかに話すことがなかった。

ジュヨンはマッコリをかき混ぜながら、沈んだ雰囲気を変えるような話題はないかと頭をひねった。

「先輩、子どもの頃に読んだ『少年中央』って雑誌覚えてます？　記事に必要で久しぶりに読む機会があったんですけど、そこに〈二十一世紀になったら変わる生活像〉っていう特集があったんです。本当に不思議なのが、そこに書かれている新技術のほとんどが現実のものになっていて。月を往復する船なんかはできなかったけど、映像通話が可能な電話機だとか、ウォーキングボード、着る《ウエアラブル》コンピューター、とにかく現実になったものがすごく多いんですよ。見ていたら……なんか変な気分になりました。その雑誌を読んでいたおチビちゃんからしたら、私はまさに未来人なのに、いざ未来に来てみると、それほど新世界ってわけでもなくて」

ソンホはその話題を別の方向に向けた。

「ジュヨンの話を聞いていたら新自由主義を思い出しました。先輩が製本してきたのを一緒に見た、人文学部の学術セミナーの資料集を覚えてます？　そこで予測されていた内容のほとんど、いや、それ以上のことが実際に起こったでしょう。二〇〇八年のサブプライムローン問題が大型金融機関を破綻《はたん》に追いこみ、企業はドミノ倒しに倒産し、両極化した世界は長期不況に陥り……当時は二十対八十の社会をあれこれ論じていたけど、十対九十よりひどい世の中になったでしょう。僕たちが勉強したとおりの世界が来たんですよ。すべて本のとおりになったのに、革命だけがやってこなかったですね」

「月を往復する船みたいに。だろ?」

先輩はささやくような、恥じているとも言える口調で答えた。その語調に聞き覚えがある気がしてジュヨンは記憶をたどった。「盗聴のためだ」。ふいにギジン先輩の姿が浮かんできた。脈絡は異なるが、不思議なほど似ている声。酔いのせいかセミナー時代の講義室にいる気分になった。ここもラジオがついているからだろうか。

「マルキシズムの講義をまた聴いてるんだ。哲学アカデミーで。狭い講義室が三十人くらいの人でぎっしりだった。でも参加者が……どうしてあんなにさ、ここに来る人たちとそっくりなのかと思って」

「〈ここに来る人たち〉って、どんな人たちですか?」

「ちょっと垢《あか》抜けなくて、ちょっと時代遅れで、本みたいな連中だよ。歳食ったマルクス主義者たちが、あそこに集合したみたいだった。最初は大勢いるなって思ってたんだけど、あれが全員のようでもあった」

先輩はいまだにそういう場所に通っているのか。ジュヨンは思った。それでも彼の言葉に耳を傾けた。株の話題は出ないし、不動産の話をしなくても済むから息がつけると、皆は言っているそうだ。珍しいことに僧侶《そうりょ》がひとり参加していて、彼が最年少なのだとも。

「でも二回聴いたら、もうそれ以上は行けなくなった」

「どうして?」

正常人先輩は答えずに笑うばかりだった。歯茎があらわになる笑顔を見ていたら、ずっと前に下宿で食事していたときに先輩の歯が抜けたのを思い出した。しょうもない記憶ばかり頭に浮かんでくるところを見ると、我々も歳を取ったのだろう。未来に来ているのに、たかがマルクスの本一冊で盗聴云々とか言っていた時代からひらりと移動してきたのに、あの頃の知識は無害なものへと変わり、人類がほんのいっとき見た夢やアイディア程度に扱われているのに、相変わらず背もたれのない飲み屋の椅子に腰掛けている彼らだけが、当時のまま何も変わっていないようだった。

「先輩は、本当にそのままなんですね」

ソンホがぼそりと吐き捨てるように言った。

「相も変わらずマルクスの話なんかして。それが先輩の〈正常な〉状態なんでしょう」

明らかにいちゃもんをつける態度だったので、ジュヨンはびっくりした。ソンホは心を決めたように本音をぶちまけた。

「死ぬまでポーズだけのマルクス主義者として生きたとして、それが何になるんですか?

親の金で留学して、今まで一度も就職しないで生きてきたくせに、世の中の何がそんなに不満なんですか？　先輩が大英図書館を散歩していたとき、マルクスーピーターパンになってネバーランドを飛び回っているとき、僕は卒業して、就職して、奨学金を返済して、結婚して、離婚して、ローンを組んで、返済しながら忙しく過ごしてきました。先輩からメールが来ると、うらやましいとしか思わなかった。僕もこの国から飛び出したかったですよ。いや、この世から飛び出したかったことも多かった。二十年ぶりに現れて、大学時代と同じような話ばっかりほざいているところを見ると、ずいぶんご機嫌なんでしょうね」

ソンホは公然と怒っていた。破綻した結婚生活で身をもって感じた怒りの矛先を、なんの関係もない先輩に向けていた。彼が腹を立てている相手は、困難な己の人生そのものなのだとジュヨンは理解していた。

だから仲裁に入ろうとした。でも不思議なことに言葉が出てこなかった。ソンホが言っていることのほとんどは、ジュヨンが言いたかった内容でもあったから。先輩がトロツキーに魅了されたのは〈永久革命論〉のためだった。でも永久なのは先輩の観念だけなのではないか。観念の温室の中で歳を取らないピーターパン、でもウェンディも、マイケルも、ジョンも、ずっと昔にネバーランドを去って大人になった。

正常人先輩は明らかに慌てたようすだった。その瞬間はどれほど痛快だっただろう。どうしてそれが痛快だったのだろう。うらやましかったのはピーターパンでいられる彼の階級、大人にならず、生存に追われることもなく、革命を語れる階級そのものではなかったのだろうか。木の葉で作られた黄緑色の服を暴いたところで、私たちには良いことなんてひとつもないのに。

「すみません」

ソンホが唐突に泣き出した。見当違いなやり方で人生の鬱憤《うっぷん》を晴らした過ちに、今ごろ気がついたようだった。

「生きることに疲れていたみたいです。先輩に八つ当たりするなんて」

うなだれたソンホは力なく感情の栓をふさいだ。だが覆水盆に返らず、だ。

「間違ったことは言ってないだろ。そういう指摘も何度かされたことあるよ。傍目《はため》にもこのザマは笑えるし、本物のマルクス主義者が見たら情けなく思うだろうってことは、よくわかってる」

正常人先輩は無力に、卑怯《ひきょう》とも言えるほど淡々と非難を受け入れた。その態度は苦い社交術のように見えたが、こういう非難によって極限まで鍛錬を積まされてきたから可能になったようでもあった。

「今日会おうって言ったのは、お前が言ったこととも関係があってな。温室が木っ端みじんになって、仕方なくこの世に戻ってきたってわけだ。親父が死んだ。それで韓国に帰ってきた」

個人史を語らなかった先輩が苦々しく打ち明けた。若い頃は理想主義を追い求め、分別がつくと親の店を継ぐ段取りへと流れていく平凡なストーリー。先輩が雲をつかむような夢を追いかけている間、費用を援助してくれていた寛容な親も老いる。それが見えたときに現実へと戻ってくるべきだったのに遅すぎた。イギリスで貯めた有り金をはたいたら、天然石ベッドを買えるくらいにはなった、それでお袋のために一台買って、天安に腰を落ち着けることにしたのだと話が続いた。

「今日は頼みたいことがあって誘ったんだ。これも愚かな真似かもしれないけど……」

正常人先輩は鞄《かばん》から厚みのある書類封筒を取り出した。予感が的中しそうな気がしたジュヨンは、いやいやと慌てて顔の前で手を振った。

「うちは出版社じゃなくて企画会社ですよ。社報なんかを作ってる、小さな会社です」

言ったところで無駄だった。製作費用は改めて送るから千部だけ刷ってほしいと正常人先輩は言った。実質は自費出版でも、製作やら流通やらの過程はお前のほうが詳しいじゃないか、二十年の歳月を整理する形式がどうしても自分には必要なのだと。

そういうわけでマルクス生誕二百周年の日に、ジュヨンは一抱えの原稿を預かった。

事務所に座って先輩の書類封筒を開けてみると三束の紙が現れた。翻訳を終えた草稿、革命家のメモ集（トロツキーの遺書を引用して〈人生は美しい〉という仮タイトルがつけられていた〉、自伝的な内容であることは明らかな中編小説。この三つだった。

原稿の山に目をやると〈今日かぎりで旗を下ろすから。あんたが、うちのキャンでは最後になるから〉というナギョン先輩の声が頭に浮かんできた。もうキャンもなく、革命もなく、レイジ・アゲインスト・ザ・マシーンもアルバムを出さず、正常人先輩は商売人になってしまった世界で、ジュヨンはふたたびバトンを渡された気分になった。

すると厚い本が読みたくなった。厚い本が呼び起こす感情、知識ではなく感情。その感覚を味わいたくなった。結《トウレ》、草の葉《プルリプ》、東方《トンニョク》、新時代《セナル》、しおり《チェッカルピ》、新たな波《セムルキョル》、以後《イフ》……そういう出版社からずっと前に刊行された本をめくりたかった。今この瞬間も、螺旋形の銀河は猛烈な速度で私たちから遠ざかっていることだろう。マルクスとエンゲルス、バクーニンとクロポトキン、それよりもっと前の革命家をバリケードに載せ、はるか遠くのブラックホールに向かって吸いこまれていくのだろう。それから一年後、人類は地球の大きさほどの電波望遠鏡で史上初のブラックホール撮影に成功するのだが、ジュヨンはまだその未来には到着していない。

外からデモ隊の歌声と雄叫《おたけ》びが聞こえてきた。大学路《テハンノ》にある事務所では珍しくもないが、正常人先輩の原稿を見ているところだったからか、普段とは違って感じられた。考えの水草がゆらゆら揺れ、ジュヨンはあの雄叫びに含まれる別のデモ隊の姿を、それぞれの銀河へと去っていくデモ隊の姿を想像してみた。いちばん遠い未来へと飛んでいき、彼らを見てみたいと思ったが、盗聴なんてされるはずのないこの思いを誰かに聞かれそうな気がして、がばっと立ち上がった。

「日差しのせいだ」

赤く火照る頬《ほお》を押さえながら窓辺に移った。いつの間にかデモ隊は消えていた。ジュヨンは彼らが去ったアスファルトの端っこをタオルみたいにぐるぐる巻いて握る想像をしながら、こういうことを考えるのも本当に久しぶりだと思い、頭をぶるぶる振ってブラインドを半分ほど下ろした。

ほどよい日陰の中で、ジュヨンは〈理想主義の理想主義〉を追い求めた正常人先輩の原稿をゆっくりと読み進めはじめた。

---

1 韓総連　韓国大学総学生会連合。一九九三年に結成された左派大学生団体。二〇一八年に他の左派団体と合併したため、現在は韓国大学生進歩連合（大進連）と名乗っている。

2 主思派　北朝鮮の主体思想を受容するグループや勢力。

3 パク・ジョンチョル　学生運動の中心的な役割を担っていたソウル大生。一九八七年一月十四日、治安本部による取り調べ中に拷問死した。その後の民主化闘争の象徴的な存在となった。

木の追撃者
ドン・サパテロの
冒険

ドン・サパテロは塔の町、サン・ジミニャーノで産声を上げた。

人間はオギャーと泣いた故郷の土地柄に支配されるものだという理論によると、サパテロの内気で理想を追い求めがちな性格は、この塔に由来しているのだろう。中世、この土地の血気盛んな貴族たちは一族の威厳を誇るため、煙突をかたどった塔を建てた。戦争でほとんどが崩壊した現在は十四本しか残っていないが、もっとも高い塔の下に彼の生家がある。

ドン・サパテロは高い塔と、長生きな年寄りの間で孤独な成長期を過ごした。だから自分では、両親が生きていた九歳までが本当の意味での子ども時代だと思っていた。薄情な親戚にいじめられるたびに孤児の少年はいち早く子ども時代へと逃げこみ、記憶という名のキャンディをなめた。甘みが失われないように何度も記憶をよみがえらせることが、人生における重要な儀式だった。

彼は成長している間、成長しないためにあらゆる手を尽くした。故郷を離れるときも同じだった。背が伸び、声変わりし、第二次性徴を迎えても、塔の下に暮らす、憂いを帯びた子どものままだった。恋愛もセックスもなかった。子どもにはそんなもの存在しないのだから〈ない状態〉を維持する必要があった。

大学ではあまり知られていない極東アジアの言語を専攻したが成績は優秀だった。ゼネラル・ストライキがローマ全域の交通を麻痺《まひ》させた日、二時間の道のりを歩いて登校し、ひとり講義を受けるサパテロを見た学長は、ほかの教授に彼を奪われないように格別の注意を払った。サパテロは学問のために生まれた人間で、恩師の業績に役立つであろう教え子だった。しかも野望に燃える学長の気まぐれなアイディアを文句も言わずにこなす、たったひとりの修士生でもあった。

若くして母校での職を得たサパテロは、庭つきの家を借りると本で埋め尽くした。すべては順調だった。マッジョーレ大聖堂の前でメリー・ルーに出会うまでは。

「火、持ってません?」

メリー・ルーは背が高くて肩幅が広く、唇が赤い妙齢の女性だった。煙草を吸いながら、ふたりはテルミニ駅まで一緒に歩いた。二日後に映画館で手を握り、週末が終わる前にはベッドを共にする仲になった。

メリー・ルーはローマで見つけたはじめての仕事を失い、傷心の日々を送っていた。だが〈傷心〉ほど彼女に似つかわしくない単語もなかった。むっちりした両腕を上げて伸びをすると、自分のすべきことをすぐに見つけ出した。

ドン・サパテロにとって人間らしさとは、本の中の重要な文章を吟味する瞬間みたいなものだった。一方のメリー・ルーにとっての人間らしさとは、快適な空間で楽しい時間を過ごすことだった。彼女は自分の哲学を行動に移した。掃いて、拭《ふ》いて、家具をふさわしい位置に置き、ドン・サパテロの家から無秩序と汚れを追い払った。

メリー・ルーは中途半端な位置に置かれていた机を窓際に寄せ、散らばっていた本を壁と机でできた角に並べると、寝具をかき集めて洗濯籠《かご》に放りこんだ。しばらくすると窓の向こうにメリー・ルーの干した洗濯物がはためくのが見えた。サパテロの目に白い洗濯物は新たな人生の到来を告げる旗のように映った。冷蔵庫にあるものでおいしそうなパスタを作ったメリー・ルーは、湯気の立ちのぼる皿に庭で摘んできたバジルを散らした。サパテロが食事をする間、背後では子ども時代が別れを告げていた。メリー・ルーが室内を片づけるだけでなく、埃《ほこり》っぽいクッションみたいなサパテロの心臓もぱんぱんと叩いたおかげで、どきどきと動き出したためだった。

彼女はありとあらゆる大人の道楽をサパテロの前にくり広げてみせた。グルメ、ヌードスイミング、耳をつんざく大音量の音楽で踊るダンス、ベッドでゴロゴロしながら過ごす週末みたいなものは、塔の下で生まれ育った少年には夢見ることすら叶《かな》わなかったものだった。何をやらせてもうまくできないのは大した問題じゃなかった。メリー・ルーは、どんな場面の味の調え方も熟知している優れたシェフだったから。

悲しみを愛する悪い習性が染みついているサパテロは、幸せな瞬間をよく台無しにしたものだった。胸がいっぱいになるたびに、彼はこうつぶやいた。

〈彼女が突然いなくなったとしても……恨むことすらできないだろう〉

善意に触れたことのない人間が、親切な人に出会うとまず疑いの目で見るように、彼はわざと不安を作り出しては幸せと距離を保った。憐《あわ》れなサパテロはわかっていなかった。そんなふうに運命を疑うと、運命のほうでも好意を引っこめてしまうのだということを。幸せの波が足首に絡みつく貴重な瞬間が訪れたら、そのまま身を委《ゆだ》ねるべきだ。海辺には金色に輝く砂などなく、現実というゴミが散らばっているだけなのだから。


メリー・ルーが急性の腎臓《じんぞう》壊血病と診断されたのは、たった二ヵ月前のことだった。彼女はあっという間に安らぎの王国を去り、サパテロと出会ったマッジョーレ大聖堂での葬儀のミサが終わると土に還《かえ》っていった。最期の挨拶《あいさつ》もちゃんとできないままの別れだった。

納棺が終わるころから小雨が音もなく降りはじめた。サパテロはその小雨のように静かな悲しみに浸っていた。落ち着いた、ある意味では平和な悲しみだった。それは〈すべて起こるべくして起こった〉というあきらめからくる落ち着きでもあった。サパテロは泣き方を知らない男だったし、薄情な親戚に涙を封じられてしまっていたから、静かに雨に打たれながら家路についた。またひとりになったのだ。この状態が与えてくれる安定感は、自分のそばにはいつも誰もいなかったという認識からくるものだった。ひとりとは〈本来の状態〉を意味していたから。

メリー・ルーと過ごした三年間は幸せを失うのではないかと常に疑っていたし、不安だった。女性が与えてくれる安らぎと性的な満足、こういうのは彼の知る安定とは程遠かった。メリー・ルーの死によって、彼は秩序の世界に戻った。でも心臓は死んだ妻によってふたたび動き出していたから、以前と同じ日常というわけにはいかなかった。

彼は大学の仕事を辞め、家に引きこもった。妻が死んだからって、愛という感情を哀悼に変えるつもりはこれっぽっちもなかった。かつて子ども時代を剝製《はくせい》にしたように、今回は愛を剝製にするだけの話だ。悲しみを愛する悪いくせが今回も主導権を握った。鎧戸《よろいど》の閉じられた小さな家は、死者のための憂いに沈んだ礼拝堂に変わった。

苦痛に喘《あえ》ぐ夜が訪れるたび、彼は苦しい心臓を押さえつける重い煉瓦《れんが》を求めて書架の間をうろついた。ようやく選び出した厚い本は専攻した韓国語の辞書だった。

囚人に食事を差し入れるように、学長はたまに自ら囚人となったサパテロに仕事を寄こした。前途有望な教え子を失った彼は、こういうやり方で自分の損失を埋めていた。サパテロのなめらかな韓国語で書かれた論文や文学作品は、学長の名前で翻訳出版されていたのだった。

その一件は〈香ばしい〉という単語との出会いからはじまった。

中年を過ぎたサパテロは、いつの間にかイタリア屈指の韓国語翻訳者になっていた。それでも翻訳をしていると挫折《ざせつ》を感じざるを得ない瞬間はあるもので、特に味と色にかんする単語は複雑だった。〈香ばしい〉という言葉もまさにそうだった。辞書に載っている〈炒《い》ったゴマの風味〉といった解説が直訳でも使えないのは、イタリアではゴマを食べる習慣がないからだった。ゴマなんてハンバーガーのバンズについてるものしか見たことがなかったのだ。これはどうしたものかと思案していると、ふいにメリー・ルーの声が聞こえてきた。

「ねえ、知ってる？　ハンバーガーについてるゴマって偽物なんだって」

二人がファストフード店でデートしたのは一度きりだった。妻はその日に限っていきなり「アメリカは嫌いだけど、ビッグマックはおいしいよ」と言うと、サパテロをマクドナルドに引っ張っていった。注文したハンバーガーを食べながら、妻はバンズのゴマは工場で作った偽物だと話してくれた。「なんのために？」と彼が訊《き》くと、予想もしない答えが返ってきた。

「おいしそうに見せるためでしょ。それか、手から滑り落ちないようにじゃない？」

「あり得ないだろ。そんなばかげた話あるもんか」

「そんなに疑うなら、このゴマを植えてみるとか。でもさ、にょきにょき木が生えちゃったりするかもよ? あはは!」

本当に不思議だった。メリー・ルーが死んで十年以上。彼の名前で世に出た本も数冊。どんなに忘れまいとしても、ほとんどの会話は記憶から消えてしまった。もちろん内容は覚えている。だが剝製にされているのは内容だけで、声や眼差し、仕草、笑顔のような、もっと大切な要素は蒸発してしまった。それなのにくだらない冗談がふと浮かんできて、彼女の声をよみがえらせてくれたのだ。

サパテロは街に出てハンバーガーを買ってきた。そうしてバンズのゴマを剝《は》がすと、じっくり眺めた。ちょっと大きくて、不自然に見えないこともなかった。ノートパソコンで検索してみると、妻の話はやっぱり冗談だった。偽物みたいに見える大きなゴマは、ただの白ゴマでしかなかった。

悲しみが胸の痛みに変わる気配を感じた彼は、急いで韓国語の辞書を開いた。〈ゴマがあふれる〉という文の下に〈新婚生活の楽しさを表現した言葉〉という説明があった。ずっと昔、自分にもゴマがあふれて香ばしい時期があったのに……。目頭が熱くなった。彼は庭に出ると、土の中にゴマを一粒ずつ押しこんだ。冗談を真に受けて実験する間抜けな人間のように。

木は大人の腕ほどある太さの幹から枝を左右に伸ばし、幼い子どもの手ほどの大きさの葉をつけていた。サパテロは窓を横切るように伸びている枝をしばらく眺めていた。

〈まさか……〉

笑いがこみ上げてきた。一瞬、〈ゴマから芽が出た?〉という考えが頭をよぎりあきれてしまったからだ。仕事が溜《た》まっているのに余計なことを考えている暇はない。飲み残したコーヒーをシンクに流すと、彼は締切りに追われる机に戻った。

広々とした机の上には仕事という夕立が降り注いでいた。韓国語とイタリア語のようにかけ離れた言語のあいだで、しかも文学作品を翻訳するためには勇気と楽観が必要だ。文章を完全にばらばらにして新しいものを書きあげるかのごとく構造と単語を変えてしまっても、著者の意を汲《く》んだ文章を作り出せると信じないかぎり前には進めない。魂はそのままで外見はまったく違うイタリア語の文章を作り出すため、彼は猛烈に仕事にかじりついた。

何時間か仕事をしたあとで伸びをしていたサパテロは、一方の枝が机のほうにそっと傾《かし》いでいるのに気がついた。何をしているのか気になってサパテロのほうをのぞきこんでいるかのようだ。

〈そんなわけないよな?〉

彼は机に置かれたメリー・ルーの写真に心の中で話しかけた。妻の写真を衝動的に燃やしてしまったあと、最後に残った一枚だ。信仰心の篤《あつ》い信者が常に神を求めるように、彼は亡くなった妻にだけ自分の内からあふれ出す言葉を聞かせた。写真の中の妻に話しかけるのが習慣になり、ミラノにある出版社へ出向くときにも写真立てごと鞄《かばん》に入れて出かけるほどだった。

パン！

どこからかシャンパンの栓を抜くときのような音が聞こえてきた。

彼が音の出どころを探していると、木の枝の奥に留まっている小鳥を見つけた。若葉色の羽根に黄色いくちばしを持った小さな鳥。その羽根のせいで見た目には一枚の葉っぱのようだった。彼が見つめているあいだ、野球ボールほどの大きさの小鳥は、さっきのは自分だとでもいうようにもう一度「パン！」と鳴いた。

その日から、その鳥はサパテロの作業を大いに手伝ってくれるようになった。難しい作業から逃げ出したいと思っているとき、机に向かおうともせずにぶらぶらしているとき、周囲をハッとさせるかのようにパン！　と鳴いた。その鳴き声にびっくりして時計を見ると、〈仕事の時間ですよ〉と言っているかのように時計の針がチクタクと時を刻んでいた。

彼はこの鳥がメリー・ルーの魂だと信じた。羽が小さいのは彼から遠く離れたところへ飛んでいってしまわないためだと思っていた。こんな考えを打ち明けても、写真の中の妻は相変わらず微笑みを浮かべているだけだった。

サパテロは違和感を覚えて目を覚ました。机に突っ伏して寝入ってしまっていたが、心にぽっかりと穴が開いたような寂しさを感じて目が覚めたのだ。コーヒーを淹《い》れてひと口飲んだところでとうとうその原因に気がついた。

「鳥の鳴き声がしない」

けれど、いなくなったのは鳥だけではなかった。

当たり前にそこに立っていた木の姿が見えない。窓を開けて見下ろすと、木が生えていた地面にぽっかりと穴が開いていた。

〈何ごとだ、メリー?〉

サパテロはついいつものように亡くなった妻に話しかけた。ところが妻が見当たらなかった。写真立てごと消えてしまっていたからだ。一枚しか残っていない妻の写真、いちばん大切な宝物が消えてしまった。

〈写真はどこだ?〉

サパテロは大慌てで机の周りや下を探したものの、写真立てはどこにもなかった。そのとき、そう遠くないところで聞き覚えのある鳥の鳴き声がした。知らず知らずのうちに鳴き声が聞こえるほうへ走っていた彼の前に、目を疑うような光景が広がっていた。

地面から引っこ抜かれた木がゆらゆらと動いていたのだ。枝の端に写真立てが引っかかっていた。妻の写真を盗んだ木が逃げ出していたのだ。

木の歩き方はかなり不格好で見られたものではなかった。しばらく寝込んでいた患者が久しぶりに歩いたかのように、こわばった体でぐらぐらしながら、あっちへよろよろ、こっちへよろよろと地面をほじくり返しながら歩き回っていた。倒れはしないものの、両腕のように広げられた二本の枝でどうにかバランスを取っているようだった。

見た目よりも逃げ足の速い木のあとを追いかけていると、隣村に着いたころには明け方の三時になっていた。サパテロは追いかけるあいだに四回ほど枝の端をつかみかけた。けれど、指の隙間からこぼれ落ちる砂のように、木は葉っぱを何枚か落としただけで素早く逃走した。

「写真を返せ、この泥棒め！」

サパテロは声のかぎり叫び、木はさらに逃げ足を速めた。息が上がってしまったサパテロは、広場の噴水のふちに腰かけると顔と首を洗った。根っこもろとも逃げる木とそのあとを追いかける男、この奇妙な場面を三日月だけが見守っていたというのはなんとも奇想天外な話だ。汗が引いて気を取り直したサパテロはつぶやいた。

「化け物の木がメリー・ルーの写真を盗んでいなくなった。そんなことあってたまるか。だけど、取り戻してどうなる？　彼女はもうこの世にいないのに！　それなのに毎日声なんてかけてたからこんなことになったんだ。全部うつ病が作り出した悪霊に違いない」

サパテロは自分を律していた癖を発動して自分自身を戒めた。この醜態が見つかる前に家に帰らなくてはと決めたのに、うとうとして寝入ってしまった。

目の前に妻の写真がちらついた。

彼は無意識に手を伸ばした。指の先に写真立てが触れた途端、葉っぱはさっと遠のいてしまった。ワルツを踊るお嬢さんが次のステップを踏むためにパートナーの手をさっと放すように。サパテロは目をこすると写真をつかみ取ろうとした。木は一歩後ろに下がった。彼は飛び起きると何が起きているのか理解した。問題の木が目の前に立ち、焼けつくような日差しをさえぎってくれていたのだ。かなり図太くてあつかましいやつに違いない。

〈あれは木じゃなくて悪魔だ。私は悪魔に惑わされたツイてない男ってことだ〉

何度も写真をつかみ取ろうとつま先立ちしていたドン・サパテロは、口を真一文字に結ぶと家に帰った。

ところが写真をあきらめたというのに、木の影を自分の周りから追い払うことはできなかった。シャワーを浴びているとき、店で買ってきたものをしまっているとき、ベッドに入って眠ろうとしているとき、窓の外をいつも木の袖口《そでぐち》のような青々とした葉っぱがかすめた。机で作業に集中していて、ふと光をさえぎられたと思って顔を上げてみると、案の定、木がこちらをのぞきこんでいるところで、サパテロはそのたびに自分の頬《ほお》を引っぱたいて平常心を取り戻そうとした。

そのうえ、出張先のミラノでも同じことが起こった。編集者と話している途中なのに、街路樹のあいだに紛れ込んでいる木を指差し、サパテロは気の抜けた声でこう訊いたのだ。

「あの木、あなたにも見えますか？」

編集者はいきなり何のことだ、という表情になった。ふたたび目を向けると、それはどこにでもある街路樹と変わらなかった。歩き回る木に神経を尖《とが》らせていたら、この世のあらゆる木が疑わしく見えるようになった。精神的に参ってしまったサパテロは考えてもいなかったことを突然口に出した。

「今回の仕事が終わったら休みをいただきます」


だが、パリのホテルで荷をほどいたとき、中に紛れている紙きれみたいな葉っぱを見たサパテロは、この休暇がすでに台無しになっていることを悟った。案の定、ホテルの庭園から口笛でも吹いているような葉擦れの音をさせて木が出てきた。事態は明らかになった。あいつを始末しないかぎり休息は訪れない。

ひどく腹立たしいのは、サパテロしかこの事実に気づいていないということだ。ほかの人が来ると木は地中に根っこを隠して知らんふりをした。本物の木に成りすますほど簡単なことはない。根っこをしまってただじっと立ってさえいればいいのだから。かと思うと、外にはみでた根っこを隠しもせず、茂みの間にこっそり立っていたりもした。ただ立っているだけでも完璧《かんぺき》なカムフラージュになるのは、この世で〈歩き回る木〉だけだ。これがもっとも癪《しゃく》に障る点だった。

ロンドンから家に戻った彼は綿密な計画を立てた。できるならすぐにでも斧《おの》を振り回して切り倒したかったが、植物の範疇《はんちゅう》を逸脱したあの木には別の道具が必要だと感じた。彼はあらゆる道具の比較に時間を費やした。主に見たのは野生動物を捕獲するための罠《わな》の材料だ。キャンプ用品や望遠鏡、ロープも買い求めた。ノートには罠を使った狩りの方法について事細かに書き留めた。サパテロは、やかましい学長から論文の指導を受けていたときのように、木を捕まえる準備を入念かつ几帳面《きちょうめん》に進めた。

まず使った方法はトラバサミ、くくり罠、ワイヤートラップ、そして落とし穴だった。結果、すべて失敗に終わった。トラバサミはよけられ、木製のくくり罠は同じ木を捕まえるなんてできないとでもいうように作動せず、ワイヤートラップには哀れなウサギがかかったせいで。苦労して掘った落とし穴に一度落ちはした。だが、木は根っこを吸盤のように使って土壁を伝い大股で登ってきたかと思うと、サパテロの頭上をひょいと飛び越えて走り去った。

〈土は木に有利だ。土を使ってはいけない。木製の罠も〉

サパテロは怒りを鎮めながらノートに書いた。

次に使ったのは火だ。歩き回る木よりも高い木に登ったサパテロは、ガソリン缶をわきに抱えて辛抱強く待った。しばらく待ち伏せしたあげく、木にガソリンをたっぷり浴びせて火をつけることに成功した。

木はほんの一瞬、炎に包まれた。だが、火だるまになった演技をしているスタントマンのごとく、跳ねあがったかと思うと信じられない速さで走って山合いの川へ飛び込んだ。確認のためにサパテロが険しい谷を下っていくと、木はのんびりと寝そべって休憩中だった。根っこのほうだけ川に浸して横たわっている姿は、バカンスを楽しむリゾート客のようだった。

そんなようすを見たサパテロは、木がこれまでどうやって枯れずに歩き回っていたかを理解した。歩き回る木だからこそ、必要に応じて水分を補給できたのだ。

その次は網を使った。何度か試した末に、木のてっぺんから網をかぶせることに成功した。だが、いざ捕まえようと近づいてみると、ストッキングをするすると脱ぐように網を脱ぎ捨ててどこかに消えたあとだった。サパテロは網にひっかかっていた葉っぱを拾い上げ、ノートで押し葉にした。

サパテロは図書館に行ってぶ厚い植物図鑑を引っ張り出した。正体がわかれば追撃戦が楽になるのではという思いからだった。だがページをめくってもめくっても子どもの手のような葉っぱは見つからない。サパテロは、容疑者のモンタージュ風にスケッチした木の絵を図鑑と見比べた。ほっそりした幹回りにそぐわない立派な根っこ、斜めに傾いた胴体は茶と白のまだら。花や実はまだ見たことがない。ある意味ありふれた見た目なのに、似ている木はたくさんあっても同じ木は見つけられなかった。

ため息をついて収穫ゼロのぶ厚い図鑑を閉じたとたん、図書館のガラス窓を葉っぱがぴしゃぴしゃ叩く音が聞こえてきた。こんなふうに馬鹿にされたことでサパテロはむしろ理性を取り戻した。

〈あの木を攻略しても無駄だ〉

彼はノートに考えを書き続けた。〈木はどんな罠からも逃げ出せたし、なんなら逃げ出すことのできる罠にわざとかかったように振る舞っていた。戦略を変えなくては〉。

パン！　空気を変える鳴き声に、サパテロははたと気がついた。

〈それなら、鳥は？　鳥を捕まえたらどうなる？〉

なぜなら、サパテロを誘惑するのはいつだってあの若葉色の羽根の鳥だからだ。遠ざかりすぎず、かつ近づきすぎないように、サパテロとの間隔を調整しているのも鳥の鳴き声だった。パン！　という声で間隔が常に一定に保たれていることが彼をいらつかせた。

「ひょっとしたら、すべてあの鳥の仕業かもしれない」

半信半疑ながらもサパテロはつぶやいた。

彼はあらゆる餌《えさ》を準備した。穀物や種、生きている虫に死んだ虫、それらを少しずつ置いた結果、いちばん先になくなったのはひまわりの種だった。サパテロはひまわりの種を餌にしたカゴ罠を作った。それほど期待していなかったが、原始的な罠は思いがけない効き目を発揮した。ひまわりの種を食べに地面に舞い降りた鳥はカゴに閉じ込められて短い羽をばたつかせたが、鳥かごに移して黒い布をかぶせるとすぐにおとなしくなった。

それから木の動きは目に見えて鈍くなっていった。木は同じ場所をぐるぐる回って鳥の行方を捜しているようだった。サパテロは木が弱るのをもう何日か待って準備を万端整えた。ついに機が熟したと判断すると、鳥かごを覆っていた黒い布を取り去った。

パン！　空中の栓を抜くときのような声が響き渡った。いくらもしないうちに根っこが地面に引きずられる音が聞こえてきた。木はひげ根がちぎれるのも気にせずに、掘っておいた落とし穴の方へ全速力で走ってきた。サパテロは会心の笑みを浮かべると鳥かごの扉をぱっと開けた。

鳥が木に向かって飛び立った。が、枝に留まることはできなかった。木がふたたび穴に落ちたのだが、今回の穴はプラスチック製の貯水タンクだったのだ。空っぽの貯水タンクに落ちた木は、根っこや枝、幹を使って壁をドンドンと叩いた。だが人間が作り出した人工の素材は木になんの反応も見せなかった。

サパテロは慌てずに左右の枝に投げ縄をかけると一本ずつ固定した。枝を縛り上げられた木はもう動けなかった。十字架刑に処された罪人のように、腕を広げたまま身動き一つとれなくなると、〈とうとう捕まえたな〉と観念したみたいに動かなくなった。タンクの中に降りたサパテロは、枝と枝の間に挟まっていたメリー・ルーの写真立てを注意深く取り出した。

それから軽い足取りで森を横切ると家に向かった。草はもはや密告者ではなかったし、木々もまた犯人を隠匿《いんとく》してとぼける共犯者には見えなかったので、森を愛おしい気持ちで見渡すことができた。あんなに嫌いだったオジギソウ——手で触れると葉をつぼめて茎をまげるので、化け物の木ともっとも近い種だと考えていた——でさえも、いいにおいの植物でしかなかった。音程が違うせいで起きていた不協和音が消え去ったかのように、自然は見事なバランスを誇って美しく広がっていた。

サパテロは家に帰るなり写真を写真立てから取りはずして丁寧に拭き、机の上に置いた。司祭が祭壇の上を片づけるがごとく厳かに机の上を整理したあと、バスタブにお湯を張って入浴を楽しんだ。久しぶりに窓の外を意識せずにパジャマに着替えることすらもささやかな喜びだった。サパテロは満ち足りた気分でベッドの心地よさに沈み込んでいった。

気がつくと彼は深い穴の中にいた。

土はふんわりと柔らかく、いいにおいがした。土というよりは、甘い香りのスパイスを加えたシフォンケーキのようだった。サパテロは土を少しだけ口にふくみ、もぐもぐと噛《か》んでみた。香ばしい、と思った。これがまさしく、香ばしい風味というものだろう。

彼は次から次へと土をむさぼった。土には水分も含まれていて、どんなに食べ続けても喉《のど》はちっとも渇かなかった。食べた土の分だけ、穴はどんどん広がっていった。サパテロは洞窟《どうくつ》を掘り進める人のように、土を口へ運びながら前進した。この行為はやけに気持ち良くてやみつきになった。

柔らかい土、ぱさぱさした土、ぬかるんだ土、さくさくと食べ心地のよい土、小石のあいだを流れる清らかな水、土と土のあいだの空気、それらを喫するうちに視界がぼやけていった。

土の隙間から光が差すと、彼はしばしば食べる手を休めた。穴が開いた壁みたいにあちこちから光が漏れ入った。聞き覚えのある笑い声がもう一つの光のように、サパテロがいる闇を照らした。


メリー・ルーか?

ええ。

ここはどこなんだ?

木や人すべてが種からはじまる場所よ。

四六時中、君の面影ばかり追い続けていたよ。

私はここへ来る運命だったの。土の下でのびのび暮らしてる。

君に出会ったおかげで、ずっと憧《あこが》れていたものを手に入れた。人のぬくもりに、あたたかい家庭。なのに君はいなくなってしまってさ。

私にどうしろって言うの？

吹っ切れない気持ちのまま生きていくのがどんなにつらいか。自分が寂しい人間なのをさんざん思い知らされることになるからな。忘れるなんてできないから帰ってきてくれ。

許可がいるの。

誰の？

地上と地下を創造なさった方。その方の中ではあなただって種の一つだったの。

あり得ないだろ。そんなばかげた話あるもんか。

前にもまったく同じこと言ったの覚えてる？

二人は笑い合った。笑い声がこだまするると土の壁はその響きに耐えかねて崩れ落ちてきた。

光のまぶしさに、サパテロは目をまともに開けていられなかった。ようやくあたりを見回したときにはメリー・ルーの姿はなく、庭園のような空間が広がっていた。

そこには人間たちが木のごとく植わっていた。生垣のように横一列に並んでいたり、鉢に植わっていたりした。鉢の大きさに合わせて、生まれたばかりの赤ん坊、幼児、少年少女、若者がひとりずつ入っている。家族そろってバスタブにつかっているかのように大ぶりの鉢にまとまっているものまであった。

人間を栽培しているのは、歩く木たちだった。ここの木たちは根を使って器用に動きまわり、枝には水の汲まれたバケツを携えていた。人間に水をやったり、成長に応じて植え替えたりもした。全裸の人間たちは目を閉じ眠っていたが、水がまかれるとゴクゴク飲み、キャッキャと笑った。生きている人というよりは人間の姿をした植物みたいだった。木もまた、まるで木の姿をした人間のようだった。人と木の立場があべこべになっているものの、どちらも扮装して幼児向け番組に登場する役者に見えた。

ここでは唯一、ドン・サパテロだけが二足歩行する人間だった。彼は根を使って歩いたりしないし、鉢植えでもないし、全裸でもなかった。ひときわ目立つ彼のところに二本のオークの木が近寄ってきた。彼は温室へと連れられていった。

温室のつきあたりには、壁一面を覆いつくしてもまだ足りないほどに枝を伸ばした巨木があった。首を限界まで反らせて見上げても、ガラス張りの天井まで続く枝先を確認できなかった。この木と比べたら、どんな木も種以下のちっぽけな存在でしかなかった。木漏れ日があまりにまぶしくて、細かいところまではっきり見えなかった。

〈メリー・ルーが言っていた《あの方》なのか?〉

ピンときたドン・サパテロは巨木の前にひざまずいた。そして、妻エウリュディケを生き返らせてほしいと哀願するオルフェウスのように、心の底から訴えた。

「彼女を連れ戻すことをどうかお許しください」

もとの穴へ戻ってきた彼の手に握られていたのは、マグカップくらいの小さな植木鉢だった。

疑心を一切抱いてはならないことは百も承知だった。サパテロはオルフェウスの神話や、振り返ったせいで塩柱にされたロトの妻の物語をよく知っていた。彼らの愚かさを哀れに思うほどだった。この小さな鉢の中にメリー・ルーが植えられているという事実を信じて疑わなければ、彼女を救えるはずだ。

外に近づくにつれ、洞窟を照らす光の輪が増えた。光の輪の一つがサパテロの心の中でこだまし、波紋のように広がった。それはオルフェウスやロトの妻の心を同じようにぐらつかせた不信のこだまだった。しくじることはわかりきっているのに、それでも踏み出してしまう一歩。こだまはだんだん大きな声となり、彼の心をぐらつかせた。

〈この植木鉢が空っぽじゃないと言い切れるか?〉

サパテロはもどかしさのあまり唇を噛みしめた。雑念を払うように首をぶんぶんと振ってはみたが、このあと自分が何かをやらかしてしまう予感がした。登場人物の運命を最初からわかっている小説家みたいに、この夢の結末まで想像がついた。わからないものはただ一つ、それは誘惑に負けたときの胸中だった。

サパテロはメリー・ルーに話しかけたい衝動を抑え、打ち勝った。種が埋まっているか、植木鉢に指を突っ込んでちょっと確認してみただけだ。指先に土が触れ、顔に光が当たった途端、鉢から悲鳴が聞こえた。

「やめて!」

振り向くと、長い髪をうしろから引っ張られるかのようにメリー・ルーが吸いこまれていくところだった。サパテロは素早くその手をつかむと引っぱり出した。太陽に照らされるにつれて彼女の体は小さくなっていき、悲鳴の声音が変わっていった。やっとのことで二人が外に出ると、彼女の体は若葉色の羽根で覆われていた。

サパテロは流れる涙を拭《ぬぐ》いながら目覚めた。枕も寝具もびっしょり濡《ぬ》れていた。全身汗だくで寝ていたせいだった。彼はなりふり構わず家の外に飛び出すと庭の片隅で息絶えている鳥を拾いあげた。若葉色の羽根に黄色いくちばしの鳥はもう目を開けることはなかった。

薄情な親戚たちに涙を封じこめられて以来、彼ははじめて泣いた。両親を亡くしたとき、妻を亡くしたとき、ひとりぼっちになったことを自覚した瞬間に流すはずだった涙が、今やっと堰《せき》を切ったようにあふれた。死んだ鳥を手にのせたまま、彼はひとしきり泣いた。埃っぽいクッションみたいな心臓がふたたび動き出したためだ。

やがて泣きやんだサパテロは、コノハドリを土に埋めてやった。夕焼けに染まる山へ向かって飛び立つ鳥たちの黒い影が見えた。種のような黒い点々が空を縫う光景をいつまでも眺めているうち、涙が引いていった。ドン・サパテロは片方の口角だけをぎこちなく上げて微笑むと、もう片方の口角もぴくっと上げて心からの笑みを浮かべた。背を丸めてうつむきながら寂しさを抱えて生きるような時間は終わった。木の追撃者は、ようやく涙を手に入れたのだから。

へその唇、
嚙みつく歯

昔つけられたあだ名は口無しだった。言葉をぐっと飲みこむのが私の特技だ。これまでの人生でたくさんの出来事、主に良くないことが起こり、それらから自分を守る必要があった。そのためには口を閉ざさなきゃいけない場面が多かった。正しい言葉も正しくない状況に置かれると、私を窮地に追いこんでいった。たとえば継母からスプーン二杯分の塩を入れたラーメンを渡されても、しょっぱいと言ってはいけなかった。

十七歳で家を出た。その間に母親が二回変わり、最後の人は私より三歳年上のカンボジア人女性だった。行き場のない未成年者が流れこむ場所の中でも、汚れていないところを求めてさすらった。さすらったと言うより、〈澱《よど》んでいた〉と言うべきだろうか。暴力は弱者に集まる。少女は都市の周縁に沿って流れ歩きながら夜と部屋を探索する。いつも危うかった夜と部屋。酒の席に残ってぐずぐずしていると、誰かが私を拾っていった。十代後半と二十代前半は、そうやって男たちが申し分のない寝床を提供してくれたけど、私の横たわる部屋は時がたつほどにみすぼらしくなっていった。

いまだに理解できない謎の一つが、父親はどうしてあんなに残酷だったのかということだ。正気に返ると、私の体にできた青痣《あおあざ》を恥じているようだったし、私の眼差しにありもしない非難の痕跡《こんせき》を見出した。それを言い訳にふたたび手を上げた。

問題は、私が服従する大人になってしまったことだった。拒絶の仕方を学べなかった。目標を持ち、自らを急き立て、粘り強く何かをやり遂げるという経験もまた皆無だった。

「あんたは弱すぎるの。あんたが弱そうに振る舞うから、相手は自然と強者になっちゃうんだってば。人間は強い立場になるとね、必ず横暴な真似をしたくなるんだから。どうしていつもあんたのとこにクズが集まるのか、わかる？」

ヒョンジュにそう忠告された。献身が恋人を駄目にするなんて、ちょっと変な話だけど間違ってはいない気がした。そうでなければ父親をはじめ、この世の男たちはどうして一様に私を殴るのだろう？〈自己卑下が習慣になってて、愛する人ができると、どこまでも尻尾を振る。だからそうなっちゃうんだよ、間抜けだね〉とヒョンジュが釘を刺した。

ヒョンジュは私より賢かったけど、未来を夢見る癖のせいで最後は挫折《ざせつ》するしかなかった。私たちにはいつだって計画があった。だけどしょっちゅうボコボコにされていると、逃避以外の計画は一切考えられなくなる。あの子、男は頼るんじゃなくて利用しなきゃ、なんて口癖のように言っていたのに〈適当な男〉に捨てられたら、さっさと薬を呷《あお》ってあの世に逝《い》ってしまった。

私はまたひとりになった。

私の最大の特徴は周囲と打ち解けられないことだ。同年代の冗談や文化を理解できなかったし、あの子たちの仲間に加わることもできなかった。ヒョンジュがたったひとりの仲良しだった。でも幸せなのだとばかり思ってたヒョンジュは、死を選んで私を見捨てた。葬儀を執り行いながら、決して希望は抱かないと決心した。〈今日も無事に乗り切った〉とつぶやければ十分だった。幸せではないけど、これ以上は不幸にもならない呪文《じゅもん》。〈無事であること〉こそ、私がありがたく受け取ることのできる最高の状態だった。


精算を間近に控えたある日、マダムのバッグが一つなくなった。でもなくなったって言葉を誰も信じていなかった。どこかに売り飛ばしたのに私たちに濡《ぬ》れ衣《ぎぬ》を着せ、給料から少しずつ差っ引くつもりに違いなかった。ブランド物のバッグは私たちの命なのに、その命綱にむやみに手を出したりしたら、この通りでは生き残れない。ほかはともかくお互いのバッグと靴には触れないことが、建物の地下ごとに連れ出しパブを擁しているこの業界の不文律だった。

どこまでも非社交的な私が、ビジネスの場に花を添える職業に就けるなんて不思議だった。ラッキーなことに華奢《きゃしゃ》な体形、整えればそれなりに華やかになる目鼻立ち、大きくて濡れたような目を持っているおかげで、たまに美人だと言われることもあった。

「二日後には精算だっていうのに、こんなことじゃ計算が狂っちゃう」

マダムが戒めるように私見を述べようとした瞬間、誰かがイラついた口調でさえぎった。

「イカれた女が、ふざけた真似しやがって」

私は仰天し、勇敢な人は誰なのだろうと見回した。七人のホステスがお互いを見つめた。皆の戸惑いを立証するかの如《ごと》く、マダムの額に青筋が立った。

「だ、誰？　つまんない寝言いってんのは」

「さっさと吐いて金出しなよ？　見えすいた芝居してないでさ」

今度は全員が私の顔を見つめた。口も開いていないというのに。マダムもこっちをにらみつけてきたから、反射的に首をぶんぶん振った。その瞬間〈このキチガイが〉という声が、いかにも悪態に慣れてなさそうな、朗らかとも言える口調で響きわたった。私の唇がぎゅっと閉ざされているのを皆がはっきりと見ていたので、その日は何事もなく収まった。

でも翌日も同じことが起こると、マダムは私の髪の毛を引っつかんだ。このカスが、人をなんだと思っているのかと。

「私じゃありません。言ってませんってば！」

必死に叫んだ。でも口からは一言も出てこなかった。代わりにどこからか流れてきた甲高い声の悪態が空気を切り裂いた。

「アバズレ、もっと殴ってみろよ。その薄汚い口をナイフでひと思いに切り裂いてやるからな。使いこめる金がないからって、人様の分に手出すか？　てめえの血の海に鼻埋めて、くたばる頃に後悔したって知らねえからな」

罵《ののし》りは明らかに私の声だったし、私から聞こえてきた。マダムは口を開かずに話す私を幽霊でも見たかのようにまじまじと眺めていたが、やがて後ずさりしながら出ていった。

全員が私を囲んだ。その間に悪態は意気揚々とした笑い声に変わっていた。ホステスの先輩たちは、この声がどこから出ているのか調べるために私の服を探りはじめた。この驚愕《きょうがく》の事態に何も言えないのがもどかしくて、私はさっさと服を脱ぎ捨てた。下着姿になると——ここでは時々こうやって遊ぶこともあるから恥ずかしくもなかったが——私の体をくまなく確かめていたミラン先輩が腰を屈《かが》め、お腹の一ヵ所をぐっと押した。

「ここだね、見つけた」

するど笑い声はぱたりと止み、すぐにぶつぶつ文句を言う声に変わった。

「へそだ。あんたのへそから声がしてる。これってなんかの特技なの？」

〈そんなバカな！〉と叫びたかったけど、やっぱり口からは息が漏れるだけで、声は出てこなかった。じれったいし、怖くて頭がおかしくなりそうだった。私はスマートフォンを取り出すと、目の前にいる先輩たちにショートメッセージを送った。わけがわからない、いきなり言葉が出なくなって、自分の意思と関係のない声が体から聞こえてくるようになったと。

全部ストレスのせいだ、何日か休んでも回復しなかったら病院に行きな、こういうのは占い師に診てもらうのがいいんだ、さまざまな意見が出たけれど、この状態で働くのが無理なのは確かだった。まだ日も昇っていないうちから店を後にした。

一週間が過ぎても症状は好転しなかった。昼夜を問わずまくし立てるへそのせいで、まともに休めたとも言えない時間だった。病院だと狂人扱いされそうで、先輩ホステスたちが教えてくれた占い師から訪ねてみた。衣装で着飾った男巫《だんぷ》は邪気に取りつかれている、きちんとお祓《はら》いするなら五百万ウォン用意するようにと言ってきた。

「イカれた猿芝居しやがって」

へそは男巫の言葉を痛烈にあざ笑った。三百万ウォン分の祈りを捧げた後も相変わらず活発で、しわくちゃで丸くめくれ上がった唇を閉じようとはしなかった。


あきれるほどの不運が、あきれたことに幸運に変わるケースなんてあるのだろうか。私に起こった現実を見るかぎり、あり得ない話ではないようだ。

私はこの通りの名物になった。若く美しい女性があふれかえる場所では、不思議なホステスのほうが株価は高かった。〈あそこには腹話術をするホステスがいる〉という噂が広まり、私は店の代表選手へと駆け上がった。常連客は言うまでもなく、新規の客の十人中九人が、私にかんする噂を聞きつけての来店だった。

〈腹話術〉とはなんなのか、今回の一件ではじめて知った。お腹で話すという意味だけど、口をほとんど開かないでしゃべっているように見せる技術だそうだ。でも私のケースとは違う気がする。口を開かずにしゃべる才能があるはずもないし、腹話術士はすごく小さい声で話すそうだけど、へその唇は大きくて力強い声を持っていた。悪態はねちっこいし猥《わい》談《だん》も面白い。大抵の快楽には慣れっこになっている客たちが、私目当てに大金を持ってやってきた。

マダムはへその見えるタンクトップやツーピースのドレスだけを私に着せた。バンドを呼んで遊んでいるときも、口ではなくてへそにマイクを当てていなきゃいけなかったけど、客はそういう光景を好んだ。へそは冗談と同じくらい歌もなかなか上手で、一言で表すなら夜の街に最適化された性格だった。

誰もがへその唇を好きというわけではない。傲慢《ごうまん》な客にイチモツをちょん切ってしまうぞと暴言を浴びせ、追い出されることもしばしばだった。へそは無礼な人間には無礼に、つまらない人間にはつまらなく対応し、何事にも迷いがなかった。大げさで嘲笑混じりの話し方をすることが多かったが、私の本心と完全に噛《か》み合っていないわけではない。

口に出す言葉、感情、本音が多すぎて、たまに欲望がだらだらと漏れ出している緩々《ゆるゆる》の網になった気がした。肉体の四方に穴が開いていて、そこからあらゆる言葉が流れ出してきた。

サーカスの芸達者な猿扱いされることにうんざりしてきた頃に夫と出会った。私たちはビルとビルの間の錐《きり》で開けた穴みたいな隙間で偶然に知り合った。焼肉屋で炭おこしをしている男で、容姿はいまいちだけど真面目だった。

地下からわざわざ上がってその路地で煙草を吸うのは、一本のライラックの木が生えているからだった。昔からこの木が好きで、たまに香りを嗅《か》ぐために来ていたのだった。

「ライラックの香りが、空に穴を開けたみたいじゃないですか？」

紫色の花を見上げていたら、純朴そうな男が声をかけてきた。

数日後に炭をおこす彼の前に立っていたら、ワンピースに火の粉が飛んで穴が開くという事件が起こった。男は途方に暮れ、その夜、私は彼の部屋に横たわると、男が穴の開いたワンピースを脱がせるに任せた。

完全な愛だけが病める者を完全に治療する。人生でもっとも大切な真理はこの時期に学んだ。冷え切った手足を持つ私にとって、彼は暖炉の火のように温かった。眠る彼の体に冷たい素足を当てると全身に温もりが伝わって、夢を見ない深い眠りに落ちることができた。

愛されることに慣れてくると、徐々に欲が出てきた。私は彼の妻であり、娘であり、母であり、妹であることを望んだ。あらゆる種類の愛情を求めたが、夫も応えようと頑張ってくれた。

ふたりのお金で小さな花園を手に入れた。へそは、ほとんど自分が稼いだ金じゃないかと威張り散らした。新婚の甘ったるさの中でへその辛辣《しんらつ》な言葉は気勢をそがれつつあった。子どもを授かると、へそは完全に沈黙の底に沈んだ。生命が成長するにつれ、悪態と猥談は自分たちの居場所から押し出されていったのだ。

悪阻《つわり》がはじまると厄介な癖が生まれた。食べ物が一切喉《のど》を通らず、ご飯のにおいすらもむかむかして無理だった。夫が私の前では冷蔵庫を開けられなくなるほどのひどさだった。吐き気がこみ上げてくると何を口にしても治まらなかったが、夫の肌にがぶりと噛みつくとなんとか落ち着いた。

どうしてこんな癖が生まれたんだろう。

たった一度だけ、父親が寛大な態度を見せた日があった。乳歯も抜けていない子どもの頃だった。その日の父親はランニングシャツを着て、こちらに背を向けたまま新聞を読んでいた。私はのそのそとハイハイしていくと、父のむき出しの腕にはむっと噛みついた。今歯がかゆかった。父親が振り払わずにじっとしていると、もう少し力を込めて噛んだ。今度も父親は知らんふりして新聞を読み続けた。ふたりの間で唐突にはじまった無言のゲームみたいだった。そしてものすごく強い力で、本気で肉に噛みついた。父親は最後まで耐え、しばらくの間は歯形が赤く残っていた。

それが彼の示したたったひとつの愛情の瞬間だった。そんなことするような偉大な人じゃなかったから、ねつ造された記憶なのではと疑っていたけど、あるときから忘れてしまっていた。でも私のすべてを受け入れてくれる人と出会ったら、あの瞬間の衝動がよみがえったのだ。

はじまりは悪ふざけのような軽いものだった。彼の背中に指でこう書いた。

〈噛んでもいい?〉

夫は何を言っているんだという表情で振り返った。彼の腕を軽く噛んだ。痛くないようにそっと。夫はじっとしていた。すると自分がどこまでも小さく、愛らしい存在のように感じられた。わがままな私を受け入れてくれる寛大さが、歯をますます刺激したのかもしれない。

その日からセックスのたびに噛みつくようになった。耳たぶや首、肩を、太ももの内側や尻、脇を、そしてどこよりも腕を。最初のうちは夫も愛撫《あいぶ》なのだろうと受け流していた。ところが日常生活でもしょっちゅう噛みつくようになり、強さも増してくると顔色を変えるようになった。

「やめろって。痛いじゃないか」

止められなかった。肉を噛みしめ、夫が我慢してくれる瞬間があまりにも幸せすぎて。

彼が顔色を変える回数が増えるにつれ、もうやめなきゃと思いながらも、徐々にドツボにはまっていった。

夫はノイローゼになりそうだ、次に噛みついたら容赦しないと怒りをあらわにした。私は悪阻がひどすぎて、ほかに吐き気が治まる方法がないのだと泣きついた。その言葉がお腹の子に良くない影響を与えたのだろうか。これ以上言い訳できなくなる事態が起こった。子どもが胎動を止め、闇の中から永遠に出てこないことに決めたのだ。

病院から家に戻り、死んだように眠り続けた。夜中にふと目を覚ますと飢餓感に襲われた。空っぽのお腹になんでもいいから押しこめないと死んでしまいそうだったし、またしても歯や口が酸っぱかった。強烈な吐き気がこみ上げてきたが、抑えられる方法は一つしかなかった。

私は両手で夫の腕を持つと歯を当てた……最初は噛むふりをするつもりだった。でも夫の肉はあまりにも柔らかく、瑞々《みずみず》しく、私を落ち着かせてくれた。もう少しだけこうしていようと思った。

彼が寝返りを打つときに急いで口を離すべきだった。でも我に返ると、目覚めた夫の悲鳴が耳をつんざいていた。思わず力いっぱい噛んでいた。がばっと起き上がった夫は反射的に私を突き放した。私は人肉に食らいつく食人鬼のように、こうするしかない衝動を憎悪しながらも、これが最後だと直感しながらも引き下がらなかった。

「頭がおかしくなったのか？　頼むからやめてくれ！」

血と唾液《だえき》が入り混じって口元からだらだらと流れ落ちていた。引き剝《は》がそうとする夫と、離れまいとする私の間で死闘がくり広げられた。私はしつこく夫の腕にかじりついていたが、好き勝手にまくしたてるへそを制御できなかったのと同じように、歯の凄《すさ》まじい行動も止められなかった。

結局、結局、結局、夫は殴りはじめた。私の過去を聞いたときの絶対に暴力は振るわないという誓いは、こうして破られたのだ。慣れ親しんだ感覚が胸に澱《よど》んでいた。すべては起こるべくして起こったのだという汚らわしい安堵《あんど》だった。

私が血のついた肉を吐き出している間に夫は家を出ると、二度と戻ってこなかった。


歯を引っこ抜いてしまいたかった。へそをえぐり出したかった。口に猿ぐつわを嚙ませたかった。泣いていないふりをした。でも私は演技が下手だ。いくら無表情を装おうとしても顔が歪《ゆが》んだ。

教会に行って祈るようになった。生まれ変わりたかったし、夫が戻ってきたときにはまともな人間になっていたかった。だから盲目的に信仰にすがった。

でも数十日にわたる祈りの果てに戻ってきたのは、放言の如くぶちまけられるへその言葉だった。幸福な人間を憎悪し、むごい運命を呪う台詞《せりふ》の数々。へそがまた口を開くようになると教会には近づけなくなった。

呪《のろ》いと祈りの違いがわからない。どの穴から発せられたかによって、祈りにも呪いにもなるのだから。唇を動かして暗誦《あんしょう》する祈禱《きとう》文には感謝の気持ちが形として込められているけど、私は感謝を捧げる対象に恵まれたことがなかったから、ぐっと怒りを堪えなければならなかった。その一方でへそから流れ出す言葉はぞっとするような呪いだったけど、祈禱とは正反対に祈願の込められた切実な反語法であることが多かった。呪いから祈りへ、祈りから呪いへと行ったり来たりする間、心はズタズタに引き裂かれた。

最終的に呪いが祈りに勝った。夫は戻らなかったし、死んでいない以上、私自身も浮上しなければならなかったからだ。がむしゃらに生きていくなら、へそに似つかわしい人間になるほうがマシだ。悪態をついても、怒っても、嘲笑《ちょうしょう》しても、へそは人気者だから。明日のことは考えず、一瞬の欲望にしたがって生きているようだったが、それこそ私に必要な勇気なのかもしれない。

私は自らの声の人形になるのだ。声が主人公で、肉体は思いのままに操られる人形でしかない。そうすれば誰も私のことを愛してくれなくても大丈夫なはず。

へそが話すたびに唇を動かして、同じようにしゃべっているふりもしてみた。最初は録音中の声優みたいにぎこちなかったけれど、練習をくり返しているうちに悪態や感嘆詞は似たようなタイミングで言えるようになった。徐々にへそと唇の言葉が一致しはじめたが、それは私の気性がそれだけ荒くなったからだった。

昔の店に戻った。通りの名物というポジションを取り戻し、ふたたび大金を稼いだ。時間の経過とともに副作用が生じるようになった。へそと唇の言葉が似てくるほどに生活から秩序が失われていき、酒に依存するようになった。二つの唇の隙間を酔いで埋めようとしたからだ。ついには幻覚剤の入った注射にも手を出した。

体が破壊されると、言葉も破壊されはじめた。へそは以前のように大声で話せなくなった。干からびた土のように言葉はばらばらになり、聞き取りにくくなった。辻褄《つじつま》の合わない内容を延々としゃべっては陰気に笑ったり、潰《つぶ》れた言葉をぶつぶつとつぶやくことが多くなった。

夫の温かい腕が恋しかった。恋しくなりすぎて、となりに横たわる客を噛むようになった。彼らは私のことを犬みたいに殴った。私が彼らのことを犬みたいに噛んだからだ。誰も夫のようには我慢してくれなかったから、奇癖をさらけ出していくらもしないうちに、店からは追い出されるしかなかった。

不意に開け放しておいた窓から入ってきたライラックの香りが鼻を突いた。いつの間にかこの花が咲く季節が巡ってきたのだ。

私は香りに惹《ひ》かれて久しぶりに安宿から外に出てみた。公園で数本のライラックを見つけた。ベンチに横たわって房状に咲いた小花を眺めていたら、いつの間にか目を閉じていた。私はライラックの香りに感電したかのように深い眠りに落ちた。

ふたたび目を開けると公園はがらんとしていた。ひとりでいる子どもが目に入った。半《はん》袖《そで》を着て、インラインスケートを履いた六、七歳の男の子だった。膝《ひざ》と肘《ひじ》にプロテクターを巻きつけているせいで、腕とふくらはぎが一層ぽっちゃりして見えた。白い肌を見たら視界がぼやけてきた。〈噛みたい〉と思った瞬間、子どもはすくみあがって泣いていた。自分でも気づかないうちに小さな腕に噛みついていたのだ。

手を放すと狂ったように逃げ出した。泣く子を後に逃げる自分の姿は、まるで子どもを食らう食人鬼さながらだった。私は本当に怪物だったのだ。言葉を選ばずまくし立てるへそと、人を選ばず噛みちぎる歯に操られる怪物。ふと死ななきゃという考えがよぎった。

すると実に奇妙に思えてきた。自殺に驚いたのではなく、〈今さら〉決心したからだった。どうしてずっと生きるための思案ばかりしてきたのだろう？　人生を振り返ってみると、死ぬための思案をするほうが何倍も自然だったはずなのに。賢いヒョンジュがいち早く悟ったように、生きるための苦しみを味わうよりも、死をもって自らに平和を贈るほうが良いんじゃないだろうか。

あちこち物色した結果、適当な場所を探し出した。深い山中の日当たりがいい丘、こぢんまりとまとまった樹木、周囲に人家のないひっそりとした場所だから、死後かなりたってからじゃないと発見されないはずだ。都会でしか暮らしたことのない私だけど、ここの風景ははじめて見たときから知っている場所のようで目に心地よかった。

谷間が見下ろせる丘で二本の大きな枝を伸ばす木を選び、用意してきた布を吊《つ》るした。

そのとき不思議な声が聞こえてきた。

「まさか首でも吊るおつもりか？　そうすると何が起こるのか教えてあげよう。枝は折れるだろうし、私は片腕で生きていかなければならない。最終的には元の状態に戻るだろうが、新しく生えてくる腕は今よりも細いだろうし、傾いた状態で夏、秋、冬、さらに数年を過ごさなければならなくなる。我々は不満を一切持たない種族だが、できればそういう事態にはならないほうが望ましい……」

私は布から手を離し、木をまじまじと観察した。後部に裂け目があり、ぽっこりとくぼんだ穴が見えた。リンゴ二つは入りそうな大きさの穴だった。幹に食いこんだ穴は、開いた唇のようだった。

〈この木もしゃべれるのかな？〉

〈君だって口がなくてもしゃべっているじゃないか〉

私の心の声が聞こえたのか、木は泰然と答えた。

木部。その存在を木部と呼ぶようになった。お互いについて語り合ううちにもっと木部を知りたくなった私は、ふもとの村で木にかんする本を買い、友人の名がシジミバナで、しゃべる部分は木部に該当すると理解した。

木部は大きな穴が開いた中央部の心材で、死んだ組織とつながっている。その穴から流れ出す口なき声の言葉が私を救った。

死をいったん保留して、ここで暮らしてみることにした。そう決心したのは、さほど遠くない場所に廃屋を見つけたからだった。家を補修し、暮らしに必要なものを買い入れる作業が思いがけず活力をもたらしてくれたのだ。午前は家を手入れし、陽が長くなる午後は、この丘に上って木部と言葉を交わした。

物理的に木部が私に与えられるのは木陰と風、木漏れ日だけだった。でも本当に差し出してくれたのはひたむきな視線、そして切ない思いにどこまでも耳を傾けてくれる静かな友情だった。

「私は死んだ体だから穴が開いていても構わない。今も変わらず生きている部分とつながっているから」

木部は命を奪われるところだった穴について話してくれた。鳥たちが潜りこんできたために樹皮が裂け、鳥がいなくなるとその部分が腐って体が真っ二つになるほどの大穴が開いた。古木なら一度は経験する出来事で、もうずっと昔の話だ、今は見てわかるように幹回りはかなり太くなったと。

「我々はいつだって最善を尽くすから。木に怠けものはいない。弱かったり、病気の木はいたとしても。でもよくよく考えてみると弱い木も不運なだけで、意気地なしだと見ることはできない」

「どうしておへそがしゃべったんでしょうか？　私にこんなことが起こったんでしょうか？」

風が吹いて木の葉がざわめいた。私の目には、考えに浸る木部がうつむいたように映った。

「……木の中には背が高くなりすぎると、自分の枝を下げて地に送るものがあるそうだ。てっぺんまで水を運ぶのは大変だから。地面に到達した一本の枝は、根を張って上部に水を届ける。君にへその唇ができたのも、そういう理由からではないだろうか？」

「下に向かって育つ枝ですか？」

「つまり、喉が渇いていたからではないかということだ」

渇き。歯の根が酸っぱくなる渇きってなんだったのだろう。私はどっちの唇を開いて、この話を伝えたんだっけ。木部と言葉を交わすときは、どんな唇も必要なかった。木の前で語りかけると、すぐに私の心の声に答えてくれたから。

一緒にいると自己嫌悪や憐憫《れんびん》に陥る心配がなかった。木部は慎重な医者のように、私に必要な日差しの濃度と密度を正確に処方した。日差しが強すぎればわかってもらえない悲しみを抱かせるし、弱すぎれば心の闇《やみ》を繁殖させる。木部と親しくなるほどに、苦しみで死んでしまった部分が、実は命を支える支柱や外形を作ってくれるのだと気づいた。

木部と友だちになってから耳ざとくなった。東西南北が分岐する隙間から、たとえば二つの風が行き違うような騒々しい空気の中にいても、石の粒子が日差しに反射するときに交わす挨拶《あいさつ》なんかが聞こえてきた。小川の水流は忙しいさなかでも元気かと尋ねてきたし、ぱらぱらした土粒子はせわしなく動き回る昆虫や菌の合唱を聞かせてくれた。

もう、へそからも唇からも言葉を発する必要はなかった。

人間の言葉はほとんど忘れてしまったと思っていた。だからテレビ局の人間が訪ねてきたとき、何を言っているか聞き取れたのにはびっくりした。

「いきなりお邪魔して驚かれましたよね？　自然の中で暮らしている方々から生きる知恵を学ぼうという番組を作っています。情報提供があったので訪ねてきました。この山に女性が暮らしていると。これまで男性にはたくさん出演してもらったのですが、女性は珍しいので、ぜひ撮影を承諾してくださったらと」

〈構成作家のアシスタント〉を名乗る若い女が、同年代の男を伴って家に現れた。一気に浴びせられる言葉にくらくらした。ふたりとも無礼ではなかったけれど、多くの質問を投げかけてきた。

「この山に来てどれくらいになりますか？」

十数年が過ぎてからは数えなくなったのでわからない。

「どんなものを食べて生活してきたのですか？」

食べるものは至るところに豊富にあったから、この質問にはたどたどしくだけど答えられた。

「寂しくないですか？」

ちっともそんなことない、私には木部やたくさんの仲間がいると言いたかった。でも長い文章は作れなかった。

しばらくリサーチしていたふたりは、しゃべらない私は番組にふさわしくないと判断したのか、お元気でと言い残して帰っていった。立ち去り際に若い女が小さなプレゼントを渡してくれた。「おばあちゃん、美しさがにじみ出ていますね」という言葉とともに。

私はがらんとした家にぼんやり座っていた。彼らが言葉で空気をかき回していったから、静まり返った後の空虚な寂しさが久しぶりに吹き出していた。言葉が存在し、やがて消えていった空間は見知らぬ場所のようで、自分の家じゃないみたいだった。

唐突に柱時計が九回鳴った。思い出したときにぜんまいを巻くようにしていたから、いつでも好きなときに鳴る、私のように孤独で適度に狂っている時計だった。

振り子の音を聞くや、片隅に置かれている鏡が目に入った。テレビ局の女がくれたプレゼントだった。鏡は、私を一気に老けさせる魔法だった。たまに川面に映してみたことはあるけど、じっくりと見たことはなかったから、こんなに年老いたなんて気づかずにいた。鏡の中には男なのか女なのか、人間なのか動物なのかも見分けのつかない顔があった。いつの間にか外は暗くなっていたけど、私は木部に会いにいかなきゃと思った。

木部は年老いて折れる日を待っているように見えた。根元はキノコで覆われ、樹皮は鞭《むち》打たれたようにひび割れ、至るところにできた穴はどれも蜘蛛《くも》の巣で覆われていた。それでもまだ健在ないくつかの道管と細胞を大切にしていた。私が近づくと、木部にしかできない親密なやり方で挨拶してくるのがわかった。

年老いて木の骸骨《がいこつ》さながらに変わり果てた自分の腕を、友人の死んだ枝の上に乗せた。二つの腕はそっくりに見えた。

山の上にきらきら光る星が出ていた。私たちは並んで立つと、星のささやきに耳を傾けた。今までは遠すぎて一度も聞くことのできなかった声だった。星たちは手でつかめるほどの距離に迫ってきた。すると不意に歯茎が酸っぱくなってきた。父親の腕を噛んだ幼い頃のように星に向かって尋ねてみた。

「噛んでもいい？」

すると宙から笑い声が聞こえてきた。もちろん、お好きにどうぞ。

用心しながら軟らかい肌に噛みついた。ぽちゃぽちゃした感覚とともに口の中に甘みが澱んだ。一度噛みはじめると渇きは抑えようがないほど激しくなり、ありったけの力でかじりついていた。肌は痛がる気配もなく、じっと噛むに任せていた。

ようやく星から口を離した瞬間、一つ残らず歯が抜け落ちた。積年の膿《うみ》が破裂したような清々しさを感じた。そんな姿を見ていた木部がにっこりと笑い、枝を覆う蜘蛛の巣はぶるぶる揺れた。すると森の仲間たちも続いて笑いはじめた。我慢できなくなって私も笑った。笑い声が干からびたへそと唇と陰唇と耳孔と鼻孔と毛穴からあふれていた。

笑いながら、私は木部の裂け目へと永遠に吸いこまれていった。

相続

光化門《クァンファムン》には午後の陽光が明るく降り注いでいる。

ジニョンは講義が遅く終わったので、着くのは二十分後になると言ってきた。大丈夫と返信してから、ゆったりした姿勢に座り直した。ガラス窓の向こうの都市はすべすべしていてさわやかで、あまりにも若い。この明るい光の中で自分だけがしわであり、シミであるように見えて心が落ち着かない。大丈夫だと返信はしたが、ジニョンが早く到着してくれたらと思っていた。

帰国して数ヵ月になるが、ソウルに上京して会うのは今回がはじめてだ。ジニョンは私が手術を受けたことも、還暦を過ぎたことも知っている。それでも目が合うと驚きを隠せないようすだった。

「信じられない、キジュ姉さんが白髪になってる。はじめて会ったときは金髪だったのに」

そうだった。ジニョンが二十五歳、私が四十九歳だったとき、ふたりは金髪と青髪だった。抑圧されてきた道が開けるや、私はうつ病とパニック障害の薬を捨て、ピアスの穴を開けた。髪を染め、破けたジーパンと派手なパーカーのような類《たぐ》いの服を買って着た。四十九歳は私の人生でいちばん面白い一年だった。本は好きだったが、文章なんて一行も書いたことないくせに文学アカデミーに登録したのも、そうした選択のうちのひとつだ。

受講生の中で最高齢が私、その次がジニョンだった。ジニョンは大学院を中断して彷徨《さまよ》っていた。恥ずかしがり屋で気が小さいのに髪は真っ青だったジニョンは垢《あか》抜けなかったし、中年なのに装身具をじゃらじゃらとぶら下げていた金髪の私は見苦しかったはずだ。ジニョンにはいつも実年齢より若く見えると言われる。がりがりに痩《や》せた体、めらめらと燃える敵愾心《てきがいしん》のためだと。称賛なのか嘲笑《ちょうしょう》なのかよくわからなかったが、どちらでもなさそうだ。ジニョンも私も空気を読まずに正確に話すタイプだった。

私は膵臓《すいぞう》がんが再発したと淡々と告げた。コーヒーをぐいっと飲み干しながら。

「六ヵ月か一年ですって？　それなのに、こんなところにいてもいいの？　キジュ姉さん、なんでコーヒー飲んでるの！」

ソファから弾かれたように顔を突き出すと、ジニョンは腹を立てた。

「今さら何言ってるの。それより、そんな大声出さないで」

「治療はどうすることにしたの？　誰が面倒みてくれるの？」

ひとしきり説明すると追及から逃れることができた。再発した部位が良くなかったので、抗がん剤治療をあきらめて田舎で暮らすつもりだと言うと、ジニョンは開きかけた唇を閉じた。手術後の私がどれだけ苦しんだか思い出したようだ。

離婚してかなりになるのに、あの子はいまだに不安定に見えた。離婚は正しい決断だった。間違っていたのは、その前の決断だ。

従兄弟に軍隊で問題を起こして営倉に入れられた者がいる。特殊戦司令部の出身なだけでなく、射撃に訓練と何から何までずば抜けて優秀だったそうだ。そんな彼がどうして上官を殴り、監獄に入ったのかは今もわからない。男たちが武勇談のように軍生活の思い出をまくし立てる席で、彼は一度も軍隊の話を口にしたことがない。本当に凄まじい経験をすると、その出来事について口を閉ざすようになるものだ。

同様にジニョンもまた、自身の結婚生活についてはしゃべろうとしなかった。日常については何から何まで打ち明ける子が、口にするのも憚《はばか》られるほどおぞましい経験をしたんだな、そう推察するだけだ。

「書けてるの?」

相変わらずです、そう言ってジニョンはしょんぼりする。

「こんなに苦しんでるのに、それが文字にならないのが腹立たしくて」

ジニョンにはいまだに本の文章みたいにしゃべる癖がある。二年前、酒に酔った彼女が国際電話をかけてきたことがあった。わんわん泣いているから何を言っているのかさっぱりだった。飛行機で九時間の距離にある国で、働いていた食堂のアイスボックスの後ろで、エプロン姿のまま焦ってじたばたするばかり、してあげられることは何もなかった。

「不幸なのは構わないんです。苦しんでいる人間は自分を防御するためにも考えにしがみつくものですから。私にはずっと不幸を崇拝する気持ちがありました。子どもの頃から不幸が足りない気がして不幸だったくらいに」

「それくらい順調に生きてきたってことでしょう」

「いざこのザマになったら、そんな戯言《たわごと》は頭からおっぽりだすことになりましたけどね」

私はジニョンの荒くなった言葉遣いに驚いた。着ている服や、アプリコットカラーのリップスティックを塗った端正な唇とも不釣り合いだった。

昔からの対話法でジニョンはしゃべり散らし、私は聞きはじめた。最近の問題は考えと感情を区別できないという点らしい。怒りは、怒りとなった考えであることが多かったし、考えは、掘り下げていると怒りがこみ上げてきたり、涙が流れたりして中断される。こんな感じで慌ただしく状態が変化するせいで、もっともらしい表現ひとつ引っかかってこない、ただ与えられた仕事だけを黙々とこなす日々なのだそうだ。

ジニョンは不幸を克服するより、そこから何かを得ようと苦心していた。クソ食らえだが、それが作家なのだ。作家になってしまったのだ。あの子はいまだに自分に没頭することから抜け出せずにいた。

「メールをもらったときも地下鉄で泣いてたんです。好きな音楽を聴きながら本を読んでいたら、足元がじめじめするなあって。そろそろ泣きそうだとは思ってたんですけど、よりによってあの大混雑の市庁駅《シチョン》で涙腺《るいせん》が崩壊しちゃって。はあ、うんざりです、ほんとに」

「相談があるの」

だらだら続くジニョンの話をさえぎって用件を切り出した。

「先生が遺《のこ》した本なんだけど、あんたに送るのはどうかと思って」

死を宣告されると意外にも心が落ち着いた。膵臓がんの手術を受けたときから、この瞬間を念頭に置いてきたからだろうか。これまでの生涯、悪い予感はおおよそ的中した。その点では悲劇の予言者カサンドラのほろ苦い満足感がわかる気がする。〈そうか、これか〉。重病に続く死。いとも簡単に当てられる予言だ。

特別な財産も親族もない人生だから、終活すべきものもさしてないはずだった。そのうちにふと本に考えが及んだ。

「自分が死んだら、この本はどうなるのだろう?」

先生の遺品は六段の本棚二つを埋める程度だけど、これまでに買い集めた本まで合わせると少なくない量になるだろう。生涯にわたって心の拠《よ》り所としてきた本を抱えたまま死んだら、下手すると廃紙として捨てられるか、古本屋に流れこむ恐れがあった。

「図書館に送るには古すぎるし、四散するのもちょっと……」

ジニョンが何も答えないのを見た私は、彼女に会いにくることになった経緯を一つひとつ並べていった。

本当のことを言うと、最初に頭に浮かんだのは一緒に読書会をやっているメンバーだった。でもあの人たちは私と同年代の、やはり老人だ。そのうちに〈本好きなだけじゃなくて、いちばん歳が離れてる知人〉に送るのが妥当だと思うようになった。

「ジニョンがさ、私と同じ年齢で死ぬとしても、あと二十年は読めるじゃない？」

「やたら死ぬ、死ぬって言わないでください、年寄りみたいに」

私の口から死という言葉が出るのが居心地悪いようだ。怒るというやり方でこちらを思いやる姿は相変わらずだ。

「家に置けそうな空間はある？　数えてみたら、大体五百冊くらいになった。これは実利的な問題だよ」

「心理的な問題でもありますよ。先生に続いてキジュ姉さんまで……。その本を見たら、私の気持ちがどうなるか考えてます？」

「私もあの本たちと離れるのは簡単じゃない。だから最後にもう一度だけ目を通そうかと思って。一冊、一冊に別れの挨拶《あいさつ》をするつもり。要するに、いっぺんにじゃなくて、三、四冊ずつ送るってこと。死ぬ前のプランとしては斬新《ざんしん》じゃない？」

「まったく、最後まで変人としての本分を全うするつもりなんですね！」

ジニョンは苛立《いらだ》ちを見せながらも笑っている。ぶつぶつと不平を言い続けていたが、最後には差し出した紙に住所を書いてくれた。

「長期休みになったら田舎に行きますね。それまで元気でいなきゃ駄目ですよ」

ジニョンは外に出ると腕を組んできた。バス停に連れていってくれる間、あの子はずっと腕を解かなかった。

＊＊＊

キジュ姉さんから本が来なくなって一週間が過ぎた。

以前にもこういうことがなかったわけじゃない。半月ほど連絡が途切れたと思ったら、「ドストエフスキー全集」が一度に乗りこんできたこともある。厚い本に別れを告げるので空白が長引いているのだろう、そう思いながらも不安でうろうろしている。怖かった。遺書のように配達されてくる本が、ある日から途絶えてしまうんじゃないかと。

最初に到着したのは『イワン・イリイチの死』だった。陰気なユーモアのようでもあり、キジュ姉さんとしてはさっさと片づけてしまいたい本なのかもしれないと思った。わざわざ空けた本棚には、いつの間にか二列ほどの本がぎっしりつまっていた。

死者と死にゆく者の権威に後押しされ、古びた本はまばゆいばかりに輝いていた。博物館に陳列される古代の壺《つぼ》みたいに、ガラスケースの向こうの観客がひとりずつ死に、その子孫が見にくるまでの長きにわたって割れない堅固な遺物。どんなに時が流れても『白鯨』や『赤と黒』や『百年の孤独』のような作品が消えるはずはないのだろう。

『アンナ・カレーニナ』を開いて手に持ち、アンナの兄である愉快な俗物ステファンの苦悩を見ていると、頭の中がかすかに明るくなってくる。下線を引いた部分が現れるのを待ちわびながら、ゆっくりとページをめくった。小説の執筆中にスランプに陥って以降、今がいちばん気楽な状態なのかもしれなかった。

「ある本を楽しく読んでる真っ最中に、思わずつぶやいてたんだ。**〈ここなら安全だ〉**。つまり、どれもこれも良いってこと。〈安全〉って言葉が正確すぎて。外の世界がどう回ろうと、本を開いてドアを閉めれば守られているって思えた」

私に良くない出来事が起こったとき、キジュ姉さんがそう言ってくれたことがある。

私はどのクラスにもひとりはいる典型的な〈文学少女〉だった。青少年の頃から文章を書き、文芸創作科に進学した。一方のキジュ姉さんは高校も認定試験で課程を終え、十代後半からずっと色々な仕事をしてきた。そういう人が片っ端から本を読み尽くすというのが不思議だった。

本とは関係なくキジュ姉さんには気品があった。自分で生計を立ててきた人特有の、自負心と貧しさゆえの苦労が同時ににじみ出る気品。

キジュ姉さんの旦那《だんな》は自らの失敗と向き合う代わりに、妻への暴言に明け暮れた人間だった。〈ありがちなストーリーだよね〉。手を上げなかっただけで、いつだって嘲笑や皮肉、悪態を浴びせた。弱虫で卑劣な、弱虫だから卑劣になった人間だった。娘が去り、夫が死んでようやくキジュ姉さんは自由の身になった。印刷所や製紙工場が立ち並ぶ乙支路《ウルチロ》の裏路地の干し鱈横丁《ノガリ》で、注文した千ウォンの干し鱈が四枚目だか五枚目だかになったとき食べながら聞いた話だ。

「どうして別れなかったんですか?」という質問が喉元《のどもと》までせり上がってきたけど、幸いなことに私たちはウィリアム・トレヴァーを読んでいる最中だった。どれほど多くの人間が胸に不条理を抱えて生きているか、哀愁漂う苦しみの人生に囚《とら》われたまま生きていくのか見てきたわけだ。週末になると遠方の舞踏会場まで自転車を走らせる、行き遅れのブライディーは? 陳腐な暮らしに終止符を打って若い恋人と出会うも、結局は失敗するノーマンは? 私たちがトレヴァーから学んだのは、キジュ姉さんが旦那と別れられなかった理由、つまり人間は望まぬ矛盾に囚われたまま生きていくのだということだ。彼らにはキジュ姉さんの気品と似たような温もりが染みついている。

キジュ姉さんは悲観主義者だ。そうなって当然だろう。でも彼女のように徹底した悲観主義者には、なんでも疑い、まず不運から確かめる者には、ある種の信念がある。〈うまくいかないだろう〉という落胆に続く〈ほらね、私の言ったとおりでしょう?〉という意気揚々たる信念。でも、そこからくる妙な楽観主義っていうのだろうか、そういうのが主体性を高めてくれる。悲観に取り囲まれた、たった一つの楽観のおかげで揺らぎがない。そういう人には私のように不安定な人間がまとわりつくものだ。

意外なことに作家デビューして一編書き終えるごとに、苦しいふりして大袈裟《おおげさ》に騒ぐ悪癖はひどくなり、とても人様には見せられないレベルになった。電話で駄々をこねるとキジュ姉さんは忌憚《きたん》のない言葉で叱《しか》ってくれ、翌日になるとひとり暮らしをしてる部屋に常備菜を送ってくれた。最初の本が出るまで叱咤《しった》激励され、食べさせてもらい、そのおかげで一編ずつ校了をしたのだと思う。

キジュ姉さんがアメリカから帰ったらしてあげたいことはたくさんあったのに、自己憐憫《れんびん》にかまけていた私は、またしてもらうだけの立場になってしまいそうだ。

＊＊＊

病気が感じさせる気配を注意深く観察しながら一日一日を過ごしている。

いろんな人を看病してきたが、患者として自分自身を世話してみると、気を配るべき事柄が多くなった。時間どおりに薬を飲み、家庭菜園で育てた野菜をジュースにして飲む。秩序を循環するのはうまくやれる自信がある。でもすべてが熟したその次は――正直に言うと、うまく描けない。

朝が来るとお別れする本を選び、一日か二日にわたってゆっくり読むか読み飛ばし、読み終わったものはテーブルの片側に分けておいた。〈今生では、この本とも最後〉という思いのせいで、最初はものすごくゆっくり読んでいたのだけど、ほとんどの本を手にできなくなってしまいそうで、途中からは適当に読んでいる。

読み終わった本を梱包して街中の郵便局に運ぶたびに、何かを処理しているという思いで満たされる。事務的な、仕事をしている、生きているという思いだ。郵便局という公共の場に〈用事〉があるのも、伝票に住所を書きこむのも、窓口で受けつけてもらうのも、どれもが楽しい儀式となった。郵便局じゃなかったら、わざわざ街中に出向く口実がないということもあった。

本があった場所が空席になるたび、人生が整理されていくような実感が迫ってくる。残念な気持ちもあったけど、その分理まっていくジニョンの本棚を想像した。こうしていると死は次の引っ越し場所くらいに思えてくる。少しずつ荷物を運び出し、身軽な状態になって遠くへと旅立つ支度をしているのだ。

膝《ひざ》から本が滑り落ちて目が覚めた。椅子に座ったまま居眠りしていたらしい。ついさっきまで教室で講義を受けていたはずなのに、目を開けたらブラインドががたついていた。

夢が鮮明すぎて、今いる家のほうが見慣れない空間に感じられた。私は夢が中断したところから復元をはじめた。

リフォームが終わっていない建物の二階は、すでに入口から散らかっていた。

エレベーターの片側に積まれていた木材と資材、配線がむき出しになった天井、ペンキの塗られていない廊下を通り過ぎ、半分だけガラスが入ったドアを開けて入ると、私たちの先生が「まるで夜学みたいじゃないですか?」と言った小さな教室が現れる。

講義の初日、開始時間が迫っているのに受講生は五人だけだった。自分たちもここまで少ないとは思ってなかったという表情でぽつりぽつりと離れて座る姿を見たら、来るんじゃなかったという気持ちになった。実際のところ、この講義を選んだ理由はただ一つ。今すぐ受講できる、締め切られていない講座はこれだけだったからだ。定刻になると小柄な人が入ってきた。教卓に立つまで、その人が講師だとは夢にも思わなかった。ジーパン姿にあどけなさの残る顔つきをした二十代の講師は、背負ってきたリュックから本を取り出した。

私のとなりに座った人が本を広げ、カバーの折り返しの著者近影と目の前の講師をこっそり見比べていた。〈有名な作家ではないらしいね〉。心の中でそう思った。後にその本は、作家の早世によって完全に異なるステータスを得るようになる。

先生は小柄だった。青白い額、目と鼻は小さかった。ものすごくジェスチャーが多かったが、言葉がくどくなるほどに、指揮者のように両手で宙をかき回した。

演壇に立った先生は、転入生が自己紹介するみたいにぎこちない挨拶をした。こんにちは、お会いできてうれしいです。皆さんの中には物書きの先生に何度か教わった方もいると思いますが、私は生まれてはじめて講義というものをします。まずは準備してきたプリントをお配りします。ここまで言うにも息が切れるようすだった。いざとなったら払い戻しをしなきゃと思いながらプリントを受け取った。

シュテファン・ツヴァイクの『感情の混乱』から一部をコピーしてきたものだった。登場人物の情熱的な演説の数ヵ所には下線が引かれていた。


「エクスタシーの唯一の瞬間を表現しました。それはすべての国民の生活において、すべての個人の生活においてと同様、永遠への強い一擲《いってき》を目ざして全力を凝集させながら不意に発現するものです。あの時代、突如として地球が広くなり、新大陸が発見され、古い大陸の最も古い力、即ち法皇権が崩壊しそうになったのです」

「一夜にして、このことばを語る人々、即ち詩人が十年間に五十人も百人も現われました。彼らの作品の中にはまだ熱い血の渇えがあります。あらゆることが表現を許容されました。近親相姦《そうかん》、殺人、兇行《きょうこう》、犯罪、一切の人間的なもののはめをはずした騒ぎなどが激しい乱舞を演じました。それが五十年もつづきました。それは一つの大出血、射精、一回きりの狂騒ですが、全世界に爪を立て引き裂きました」

「この力の狂宴の中では個々の声や人物は感じられませんでした。互に熱し合い、学び合い、盗み合い、他を打ち負かし凌《しの》ごうと戦いましたが、すべては、ただ一つの祭典の精神的な闘士、くさりを解かれた奴隷が、その時の護り神にむち打たれ駆り立てられたものに過ぎませんでした」

「すべては、非市民的な存在で、暴漢、娼婦《しょうふ》買い、役者、詐欺師でしたが、例外なく詩人、詩人、詩人だったのです。シェークスピアはその中心に過ぎませんでした。

『時代そのものと時代の肉体』を表わすものに過ぎません」

「若い人々を真に若くするシェークスピアとその一族を先《ま》ず知らねばならない！　先ず感激だ。勉強はそのあとだ。先ず彼、最高のもの、極限のもの、シェークスピア、世界の最も輝かしい粋を、ことばの研究の前に！」

先生は〈先ず感激だ。勉強はそのあとだ〉というくだりを力強く二度読んだ。スマートフォンで検索してみたら絶版だった。絶版という威厳がプラスされ、この本を必ず本を手に入れなくてはと決心した。

「小説をどうやって書くのかは、私にもよくわかりません。ここに立ってはいますが、自分を作家だとは言えません。〈作家になりつつあるところ〉と申し上げるのが正確な表現なのでしょう。最近こんなことを思います。才能は一種のスピードではないかと。代表作に到着するまでが速い人もいれば、相対的にゆっくりな人もいるでしょう。

大事なのはスピードではなく作品です。私は作家デビューが早かったほうで、小説だけでは食べていけないのでここに立っています。ですが正直に申し上げるなら、創作をしているかぎり、皆さんと私の立場は大して違わないと思っています。

ですから私が何かを教えることはできないでしょう。小説は一種の翻訳です。自分の認識が加わった世界についての翻訳。そうした認識は冷たい知性で形成されるものではありません。完全に圧倒され、鷲《わし》づかみにされ、虜《とりこ》になる、そんな経験が必要なのです。私たちには激しさが必要です。プロットだとか文章なんてものは放り出し、ここからスタートしましょうよ。一度でもこの熱さに焼かれることが目標です。そうできたらいいなと思います。それができれば、私は自分をサギ師だと思わなくて済みそうですから」

私は彼女を〈見学〉していた。作家見学。もしかすると、それがアカデミーに登録する最大の理由なのかもしれない。作家という人間はどんな姿をしていて、どんな話し方をするのか見学したいから、お金を払って登録したのだろう。つまりは一種のトーテムみたいなものだ。その世界に属している者と接触することで、文学の末端でもいいから触れてみたいという。

先生は開始直後の緊張から完全に解き放たれていた。こちらが居心地悪くなるくらい感情をあらわにして考えに浸っていたが、私たちという聴衆の耳を利用して自分の思考を進展させるためなのではないかと思った。

四十九歳になるまで、私にそんな瞬間が訪れたことは一度もなかった。ツヴァイクと彼の主人公、それを読む先生の感情までをいっぺんに通過しているようだった。数百年前の世界が軽々と時を越えて目の前に広がるとくらくらしてきた。私は水を吸いこむ脱脂綿のように先生の言葉を吸収していた。

五人のうち、三人は先生の講座を一年にわたって聞き続けた。私とジニョン、会社員のジョンフンさんがメンバーだった。ジニョンもうまかったが、ジョンフンさんも本当に書くのが上手だった。仕事が忙しくて来られない日が多くても登録を欠かさなかったが、自分が〈残業〉というタイトルで書いた小説の合評の日、本当に残業で欠席した悲劇の主人公でもあった。私に比べると、ふたりは確実に小説という形の整った作品を提出していた。

長期の休みになると、受講生はさらに増えた。ちょうど退職したばかりの人、シナリオを書いている人、画家、塾講師、レコード会社の社員、軍隊を除隊した人や入隊を控えた男子学生、大学生、大学院生、大学の助教等々。

ついに定員に達したとき、はじめて客で埋め尽くされた食堂を眺めるオーナーのように、私のほうがずっと誇らしい気持ちを味わっていた。

＊＊＊

ひときわ遅刻が多い水曜日の二限。稀《まれ》に遅れてくる学生もいたけど、今日みたいに多いのははじめてだ。細々したトラブルも見つかる。両面印刷を頼んだのに、助教が片面だけをプリントしていた。はじまりからイマイチだった講義は集中力を欠き、学生の注意は徐々に散漫になっていく。

こういう講義の後は〈負けた〉気分になる。何に負けたのかはわからないけど、とにかく敗北感を覚えるのだ。作家としての活動が開店休業状態にある間は、講義だからといって生き生きしていられるはずもない。私は疲れ切っていて、シニカルで、炎を失いつつあった。〈怖気《おじけ》づいた魂を持つ作家、これは資格喪失を意味します〉。ミハイル・ゾーシチェンコの言葉が頭に浮かんだ。

家に帰ってシャワーを浴び、カフェに向かう。やるべきことは山積みだけど、まずはちんたらするのだ。家でもちんたらしているけど、カフェでのちんたらこそ、心から怠けていると実感できる。浪費の贅沢《ぜいたく》を感じられるという意味だ。

二、三時間ほどネットサーフィンしてから、ようやく学生たちの習作を取り出す。山、これは**夢の山**なのだ。数ページもめくらないうちから、的外れで脱線した矢が足元にうず高く積まれていく。それでも、もっと磨けば光るところは一つずつ持っている。朗らかに輝いたり、シチュエーションにぴったりの台詞《せりふ》が出てきたり、プロット自体は陳腐でも感覚が優れていたり……。そんなふうに小さな長所を持っているのだ。

先生から学んだとおり、私はその長所を引き出して大きくしていくつもりだ。〈合評作品が古臭いからって、私の授業まで古臭くするわけにはいかないでしょう〉。先生が傲慢《ごうまん》とも取れるほど率直に打ち明けたことがある。キジュ姉さんと再会してから、やたらとあの頃の記憶がよみがえる。学生たちの習作を読んでいたら、キジュ姉さんが最後に書いた小説も記憶の底からもぞもぞ這《は》い上がってくる。

暴力的な恋人からずるずると離れられずにいる女が、ふたりの子連れで洗練された身なりの女と出くわす。子どもの小さなミスのために、ふたりは十分ほど言葉を交わす。小説は、この穏やかな世界がどれほど破壊的なパワーを持っているかに焦点を当てている。暴力や悲鳴、摩擦のない穏やかな生。主人公は自分の母親を思い出しながら〈貧しい穏やかさ〉と〈裕福な穏やかさ〉があると考える。貧しい穏やかさは本当に貴重で、彼女もよく知るものだ。でも裕福な穏やかさは見当もつかない、一種の神秘だ。偏見や誇示がなく、冷徹な礼儀正しさで距離を置くわけでもない、どこまでも穏やかな空気が主人公に破壊的なパワーを行使する。

接触のみで彼女はにわかに気づいてしまった。日常は荒々しくも粗野でもない。暴力と緊張が染みこんだ形でないこともある。そんな当たり前の事実を認知したのだ。その土台の上で本格的な事件が起こる。

キジュ姉さんは、ぱっとしない意気地なしが結局は打ち崩される瞬間を書くのが上手だった。お金と仕事は重要事として扱われる。どんな仕事でいくらもらったかを事細かに書き記すせいで、初期の頃はいつもその点を指摘されていた。でも最後に書いた小説では、これまで固守してきた倫理――貧しい人のほうが優れているという式の――から完全に脱皮していた。特に最後の場面が良かった。現実から黒い鍵盤《けんばん》一つ分ほど上がったイメージが、小説全体の高度を一気に上昇させた。

「パク・キジュさんは、どんなお仕事をされているんですか？」

講義が終わり、偶然に地下鉄の駅まで一緒に歩いていた先生がぼそっと尋ねてきた。これまで年齢や職業を無視して講義をしてきたから意外だった。キジュ姉さんは少し顎《あご》を上げて答えた。

「副菜を売る店で働いています。在来市場ではなく、近所のスーパーで」

「何時に終わるんですか？」

「夕方のメンバーと交代すると、五時くらいになりますね。だから平日の夕方の講義に出られるわけで」

先生は真剣な表情でうなずいた。

「そうすると一日に五、六時間は書けるわけですね」

キジュ姉さんは気分を害したようだったが、先生は淡々としていた。私は感情を顔に出さないように必死だった。大学院までずっと学校にしか籍を置いたことない私にとって、キジュ姉さんは〈生きること〉あるいは〈人生〉という題名の厚い本みたいな存在だった。辛くてしょっぱいチャンアチ（野菜の漬物）や、ふにゃふにゃになったホバクジョン（卵をまとわせて焼いた韓国カボチャ）、雑魚炒めや黒豆煮に株漬けのキムチ、そして〈スーパー〉という舞台と手強い商売人たちが一度に頭に浮かんできて、その背景の中にキジュ姉さんを立たせてみると、案の定ぴったりだった。

キジュ姉さんの作品はディケンスのような作風の作家たちを連想させた。底辺から人生を観察し、街から言葉を拾ってくる、証言したい経験があるから書きはじめる、そんな作家だ。

「キジュさんは今回の作品で完全に離陸しましたね。私にできるのは滑走路の端に立ち、空高く舞い上がる飛行機に向かって手を振ることだけです。頑張って書いてほしいです。いつか出版されるパク・キジュさんのデビュー作、私が最初の読者になりますから」

キジュ姉さんの顔には防御するような敵愾心が色濃く浮かんでいた。意外な評価をもらったが、簡単には受け入れないぞと言わんばかりの妙な態度だった（でもそれは上辺だけの話で、本当は心臓がはち切れるところだったと後から打ち明けてくれた。〈先生が読んでくださるかぎり、死ぬまで書き続けるつもり〉。そんな誓いもつけ加えながら）。私はうらやましくて死にそうだった。自分の滑らかな作品のほうが出来はいいと思っていたのに、キジュ姉さんは私が一度も聞いたことのない称賛を受けているではないか。

いま思うと奇妙な組み合わせだ。自分の年齢の半分ほどにしかならない先生に褒められて頬《ほお》を赤く染める中年女性、その女性のことを悩みなどない天才扱いし、身を捧げて尽くすようにと真剣に強く勧める若い先生。

当時の先生は二十代半ばだった。自分が講義をするようになった今、そういうやり方で学生に希望を与えるのは非常に危険だとわかる。直に五十歳を迎えるキジュ姉さんにとっては、もしかすると身の程知らずで配慮に欠けた真似ではなかっただろうか？

そんな思いが山火事の如《ごと》く広がるや、私はチェックしていた習作をテーブルの片隅へと完全に押しやり、頬づえをつく。先生やキジュ姉さんみたいな人たちに、どうして才能は与えられるのだろうか？

先生は注目の有望株だったが、最初の本を出して二年もしないうちにこの世を去った。胸に抱いた数多《あまた》の物語は外に出るチャンスを見つけられなかった鳥のように、先生とともに永遠に封印されてしまった。キジュ姉さんは才能があるのは明らかだったけど、年齢も環境もサポートしてくれなかった。先生が亡くなった翌年、家出した娘が戻ってきて償いを要求し、どんなに頑張っても焼け石に水の日々がはじまったから。離陸に成功したキジュ姉さんの飛行機は終止符を打てないまま永遠に宙を旋回している。

誠に残忍で神秘的な現実ではないか。見るに堪えないスラム街にも文章を書き、音楽を作る子どもが誕生する。人口が多いと、その中の何パーセントかには必ず芸術の才能が見出される。才能がより良い人生にしてくれるわけでも、人生のほうからは才能を羽ばたかせるチャンスをくれるわけでもないくせに与えられるのだ。この種の才能は一体なんのために存在するのだろう？

作家は文運という言葉をよく使う。キジュ姉さんと先生のことを考えると、書くのに適当な状態を享受すること自体が文運なのだという気がする。帆船の後方から吹いてきて帆をぴんと張らせ、次の小説に進めるようサポートしてくれる追い風。

そういう意味では私ほど文運に恵まれた人間もいないだろう。私がいる温室は寒くも、暑くも、じめじめしてもいない。貧しくもなければ病んでもいないし、この軽やかさをずっしりと沈めてくれる不幸ですらも、今では経験済みだ。

それなのにどうして筆が止まってしまったのだろう。

＊＊＊

今週はずっと下線が引かれた文章をノートに書き写しながら過ごした。下線にとどまらず、括弧でくくられた部分は特に目を引いた。

〈知性の混乱に蝕《むしば》まれることのない自由意志〉〈時折爆発する機械〉〈水を与えれば育つものだ〉〈向日葵《ひまわり》の黄色い哀悼〉というくだりは、文章の中間部分が括弧でくくられている。著者の熱烈な声の下方から先生の声がかすかに聞こえてくるようだ。

〈記憶の感光基板にどんなイメージが写るのかは、そこに必要な照明にかかっている〉という文章の横には付箋《ふせん》が貼られている。鉛筆のメモ書きはページで擦れて判読不能だったけど、〈ベンヤミンカフェ〉という場所でこの本と出会って、誰々と一緒に読んだという内容らしい。領収書も一枚出てきた。ダンキンドーナツの領収書の裏に、誰かのメールアドレスと電話番号が書かれている。保管用の箱に領収書と付箋をしまった。

私の感光基板には授業後によく行っていた居酒屋のネオン看板、四種類のスナック菓子が盛られた突き出しの皿、酒と夢想を分かち合った夏の夜の酒席が写っていることだろう。

先生が用意してきたさまざまなテキストも良かったけど、非難とアイディアが行き交う合評の時間はもっと興味深かった。何かにたとえるとしたらこうだ。先生が円の中心で焚《たき》火《び》を起こすと、受講生たちがそれぞれの枝を投じて火を大きく生かす。誰かがうっかり突っこんだ枝が炎を大きく育てることもあれば、たまに濡《ぬ》れた薪《まき》を投じた者もいて、ユーモア交じりに揶揄《やゆ》されることもあった。焚火が大きくなるほどに重い口もほぐれていった。真剣な言葉の舞台を見学するのが楽しかったし、その中に飛びこむ瞬間も好きだった。

大したことない受講生だけど、私たちは良き時代を過ごしていた。小説が書けて、もしかするともう少しうまく書けるかもしれないと期待するとき、「ここでこの点を補完し……」「この話はここについての話へと発展できそうだけど……」といった言葉を交わすとき、希望に絶望の絵の具をより多く混ぜてお先まっ暗な白紙を歩いていくとき、そのどれもが紛れもなく良き時代だ。まもなく過ぎ去る良き時代。

先生は八週間分の講義で出会った人たちの関係を〈時節因縁〉と呼んだ。二ヵ月後には永遠に会えなくなる人もいるけど、それでも尊いものだった。

いろんな人が出たり入ったりすることで、講座ごとに春は春なりに、夏は夏なりに教室の雰囲気が変わるのも不思議だった。あるときは意気消沈した人たちがおとなしく絶望を分かち合い、あるときは闊達《かったつ》な人たちが我先に発言しようとじりじりする。いちばん良かったのは、あそこには生活のにおいが染みついていないことだった。

いつから自分が打ち上げに交ざるようになったのかは覚えていない。最初のうちは授業が終わると即行で教室を抜け出していたのに、いつの間にか酒席の末席で皆の話を聞いていた。あんなにおいしいビールも、あんなにおいしいチキンも生涯で二度となかった。自分が思っていたほど、誰も私の年齢を気にしていなかったので胸のつかえが下りた。

次の〈引っ越し〉の瞬間、この記憶がリアルな夢のように訪れてくれることを願っている。どんな作品を書いたのかもおぼろげな今、私が持っていきたい本はあの夏だけだ。

＊＊＊

「キジュ姉さん、私に冷たいの」

「冷蔵庫開けてみなさいよ。五味子茶《オミジャチャ》とシッケが入ってるから、好きなの飲んで」

長期休みに入るとすぐ、長姉の家に遊びにくる末妹さながらにキジュ姉さんの家へと向かった。エアコンが故障して家に長時間いられないというのが建前だったが、焦りを隠すためにそう言い繕ったのだった。電話をするたびにキジュ姉さんの声から力が抜けていっていた。今この瞬間も彼女の体内では腫瘍《しゅよう》が大きくなっているのだろう。

よく考えてみると、私たちが良き時代だと回想しているあの頃にも、腫瘍は我々とともにあった。先生の体内で、私たちが読み、聞き、書き、夢を見、騒ぐすべてを見守っていたのだろう。先生の病は〈膠芽腫《こうがしゅ》〉という、はじめて聞く名前の悪性脳腫瘍だった。切り取るしか治療法がないそうだが、それは脳の部位だ。完全に除去すると運動神経や言語中枢を刺激する可能性もあるので、ある程度は残して手術する方法しかない。当然だが再発率は高い。

キジュ姉さんははじめてお見舞いに行った日から、頻繁に病院に寄るようになった。降って湧《わ》いたような災難が、慢性的な苦痛へと絡みつくシチュエーションをキジュ姉さんはよく知っていた。それに二十種類ほど経験してきた職業の中には入院患者の付添いもある。先生の家族と言ったらお父さんしかいないのだが、彼はひとり娘の治療費を捻出するため、しょっちゅう病院には来られない状況だったから、キジュ姉さんの助けを拒まなかった。

一度だけ先生が入院している病院に行ったことがある。先生は検査室に行っていて、ベッドは空だった。具合はどうなのという質問に、キジュ姉さんはぎっしりと書いたダイアリーを突き出した。

〈散歩の際、脚に力が入らず歩けない〉

〈午後に昏睡状態。夕方に粥《かゆ》を一杯食べる〉

〈眠れず、ひっきりなしに言葉を発するも聞き取れず。鎮静剤を処方〉

〈目覚める〉

〈せん妄、食事拒否〉

〈酸素吸入〉

文字の中の先生はとても想像がつかなかった。

しばらくして戻ってきた姿は予想していたよりも惨《むご》いものだった。頭は丸坊主で言葉はたどたどしく、子どもと老人を一つにしたような形相だった。その痩せこけた廃墟から先生を抽出するのは容易ではなかった。まるで死そのものを眺める行為のようだった。ジニョンが来ましたよとキジュ姉さんが言うと、先生は力なくうなずき、疲れたようにベッドに横たわった。

キジュ姉さんは先生の乱れた服を正し、就寝用の靴下を新しく穿《は》かせてから布団を掛けてあげた。おかしな二人組だった。年若い師匠と年配の教え子から、今は母と娘のように役割が変わっていた。キジュ姉さんは疲れているように見えたけど、自己満足のような微笑みを浮かべている。教室の中では見上げるばかりだった先生を、今は自分の懐で世話している状況だ。消えた娘の居場所に、死につつある先生が代わりに入っていると言えばいいだろうか。ふたりの姿は愛情深いけれど奇怪だったし、やるせないけど美しくもあった。

善意であることは明らかなキジュ姉さんの献身に、私は変な注釈をつけていた。いつか彼らについて書くことになるだろうと予感し、知らず知らずのうちに過度な意味を与えているのだ。こんな瞬間には身震いがする。生きている人間を紙に呼びこむことを考える者が持つようになる羞恥心《しゅうち》。私の筆はこんなにも重いというのにだ。


「食べ終わったんなら、こっちに来てくれる?」

向かいの部屋から呼ぶ声で、物思いにふけっていた私は我に返った。本棚から床に引っ張り出された本が二十冊ずつ紐《ひも》でくくられている。室内は小さな段を成す本でぎっしり埋め尽くされている。

「どうせ全部は読めなそう。先生の本はより分けておいたし、私の本も、ジニョンの蔵書とかぶってるのは置いてってって。あんたがいる間にすっかり片づけちゃわないと」

「急ぐことないじゃない。ゆっくり読んでくれればいいし」

「来月から病院に入ることにしたの。痛みがひどくなったらホスピス病棟に移るだろうし……今のうちに準備しないと」

キジュ姉さんは、病院に入る前にあんたと何日か過ごすことになって本当にうれしかったとつけ加えた。足元がじめじめする気がする。涙がはじまる前兆。私は急いでうつむくと、いちばん上の本を広げて見るふりをした。キジュ姉さんも私の気分を察したのか、ゆっくり見てねと部屋を出ていった。

本の間にへたり込んでひとしきり泣いた。当事者は毅然《きぜん》としているのに、私が泣くのは許せない行為だ。涙を抑えるための活字が必要だったから、先生の遺品から一冊を抜き出した。太宰治の『斜陽』だった。

行を追っていくと鉛筆で線を引いた痕跡が見つかった。さらに読み進めていくと、薄い黄色の色鉛筆の線が見えた。鉛筆は先生、黄色い色鉛筆はキジュ姉さんが引いた部分のようだ。できるだけ目立たないようにしようと、いちばん薄い色を選んだに決まっていた。

鉛筆と色鉛筆が重なっている最初の文章を声に出して読んでみた。

〈幸福感というものは、悲哀の川の底に沈んで、幽《かす》かに光っている砂金のようなものではなかろうか〉

ふたりの和音が聞こえてくるようだった。

キジュ姉さんの家で眠る最後の夜に夢を見た。

汽車に乗り、どこかに向かっていた。車窓はインドやチベット高原のような平原だ。夜から明け方へと向かう時刻、長距離列車での旅に疲弊した乗客は深い眠りについている。私の手にはペンと学生たちの習作が握られている。どうやら夢の中にまで仕事を持ちこんだらしい。

汽車のがくんという振動に合わせて乗客の頭がかくんと揺れるのを、ぼうっと見ながら考えこんでいた。誰もが眠っている中でひとり起きていると、期せずして集中を手にするものだ。

乗客の眠りが作り出した静寂の中、次第に夜が明けていった。そのとき地平線の向こうに何かがかすかに現れた。一列に並んだ人たちだった。手には大小の壺を持っている。〈尿瓶《しびん》だ〉。誰かが言った。〈特別なことでもないでしょ。長距離旅行なんだし〉。汽車は停車し、眠っていた人たちもふらつきながら起きあがると、壺を持った人たちに向かって歩いていく。歩き、そのまま消える。

ブルーグレーのベールが下りてきて、正気に返ると汽車の中には私ひとりだ。夢の中だけど、夢なのだと認識している。こういう瞬間は曖昧《あいまい》だ。夢から覚めはじめたのか、夢で夢をこしらえているのか区別がつかないからだ。とにかく私は意識と無意識の中間あたりでキジュ姉さんが寝返りを打つ音を聞いた。そのうち汽車の座席にふたたび深々と身を沈めた。

窓の外で朝がはじまっていた。ふたたび地平線の向こうにある形が現れる。壺、今回も壺だ。オベリスクほどの巨大なものもあれば、膝あたりまでの小さなものもある。大きい壺、小さい壺、すんなりした壺、ずんぐりした壺、無数のさまざまな壺が列を作って立っている。人影は見えなかった。

陽光が壺の表面に当たると不思議なことが起こる。光が鋭い投石のように壺を壊しはじめたのだ。光が突き上がるたびに、壺は悲鳴をあげて砕け散った。割れて、割れて、割れていく。汽車が停まるまでに残った壺はほとんどないくらいだった。

ドアが開き、唯一の乗客である私が降りる。

太陽はもう空の真ん中に突き刺さっている。私は黄土を踏みしめながら壺の残骸《ざんがい》に向かっていった。壊れなかった最初の壺に近寄って撫《な》でてみた瞬間、突如としてすべてが明らかになる。これはドストエフスキーだ。これはトルストイだ。これはバルザック、ナボコフ、フローベルで、カフカでありマルケスだ。これは先生の遺品だ。先生とキジュ姉さんが引いた下線が壺に刻まれて、光が当たるたびに文様さながらにきらきらしているではないか。最新の読者の死後も消えることのない壺だ。

私は手をかざして光をさえぎりながら壺の間をてくてくと歩き回った。じっくり観察してみると、その光は単に壺から出ているだけではなかった。

足元の無数の破片、陶器のかすかなきらめき、そこからも光は出ていた。早世した天才が書くことのできなかった次作、歳月を通過できなかった風俗小説、残業に疲れ果てたサラリーマンが終止符を打てなかった「残業」というタイトルの小説、大学院生の習作の中で意外に良かった二つの文章、つまり成功を収めることのできなかった、あらゆる小説の残骸がそこにあった。砂よりも小さく、蛍よりもかすかな光の粒子が大地の上に光の群れを作り上げた。その光を反射しながら、壊れなかった壺はより堅固になっていった。私は破片の一つを拾い、そこに書かれた単語を読んだ。すると空き家に響くベルのように、侘《わび》しいながらも優しい気分になった。

〈エメラルドを舌の下に入れると、真実だけを話すようになるんだって〉

宝石の密輸人の物語を書いていた誰かから、そんな話を聞いたことがある。私がこの宝石を飲みこんだら、あの重いペンを助け起こすことができるだろうか。物語がまた戻ってくるだろうか。

紙を探すため、私は夢の外へと歩いていった。

メイゼル

彼女は自分の涙に驚いて深夜に目覚めた。

新婚旅行の真っ最中だった。何が間違っていたのだろう？　愛しい恋人だった彼は、暴君へと変貌《へんぼう》してしまった。侮辱し、攻撃し、嘲《あざけ》りながら妻をいたぶり続けたこの十二日間、夫は残忍な喜びを心ゆくまで味わっていた。混乱状態に陥った彼女は空港で、夜行列車で、十字路の信号の下で人知れず涙を流したが、深夜に目覚めた今日のように涙が止まらなかったことはなかった。

湿った枕から顔を上げて体を起こした。高い天井、窓辺に揺れる白いカーテン、並んで置かれたふたりの旅行鞄《かばん》……。思わずため息が出た。

「また、ここに逆戻りなんだ」

自分を苦しめる人間のとなりにしか、あの狭いベッドにしか居場所がないなんて信じられなかった。それだけでなく、この場所にはすでに慣れっこだった。怖いママのとなり、彼女を搾取していたルームメイトのとなり、すべてを奪っていった初恋の相手のとなり、いつもそうだった。信じられないくらいお決まりのパターンだった。声を殺して泣く、うんざりするような悲しみも同じだった。いつも逃れられたと思った次の瞬間、行く手をさえぎる巨大な背中が現れた。表は変わっても、裏ではいつも十二歳の彼女が、二十歳の彼女が、二十五歳の彼女が一様に涙を流していた。正確に同じ場所に戻ってきたのだと自覚するや、耐えきれなくなった彼女はドアを開けると部屋の外に出た。

廊下には誰もいなかった。午前一時。光る時計の針が鋭く告げる闇の時刻、起きている生き物は彼女しかいないようだった。怪我人のように足を引きずりながら、真ん中がぽっかりと開いた四角い廊下をうろついた。一階の中庭の中央に植えられたオレンジの木が目に入ると、思わず〈ここから落ちたらどうなるんだろう〉と考えた。血を流す自分の遺体、後悔と恐怖で泣き叫ぶ夫の姿が脳内に甘い毒のごとく注がれた。飛び降りる場面がくり返されると、自分で自分が怖くなって頭をぶるぶると振った。結局は戻るしかなかった。闇に包まれた異郷で帰る場所は夫のとなりしかなかった。

部屋のドアを開けると、熱帯雨林のように蒸し暑い室内の空気が押し寄せてきた。暴君は深い眠りの中だった。無防備な顔は考えに耽《ふけ》っているように見え、恋に落ちた瞬間と同じように美しかった。じっと見下ろしていた彼女は、十二日間にわたって保ち続けてきた唯一の勇気、〈保留〉と〈先延ばし〉の毛布をかぶるとベッドに縮こまった。

彼女は鐘の音で目を覚ました。

夫はコーヒーを買いにいくというメモを残して出ていった後だった。窓を開けると、光と音が一斉に迫ってきた。都市は守護聖女の祝日を迎え、大規模なパレードが広場に入場しているところだった。赤紫色の服を着た人たちが花で彩られた聖女の彫像を担ぎ、聖歌を歌いながら広場につめかけていた。こんなにたくさんの聖堂があるのかと気づいたのは、そのときだった。

耳をつんざくような鐘の音が東西南北に鳴り響き、都市全体が強烈な振動で彼女の全身を強打していた。その音は悲しむんじゃないという慰めも、これからは良くなるだろうという楽観も聞かせてはくれなかった。にもかかわらず鐘の音に惹《ひ》きつけられた彼女は、長いことバルコニーから動けずにいた。

昨夜の苦しみと同じくらい純粋な感覚の正体は意外にも喜びだった。彼女は徐々に巨大化していく波動に身を任せ、スリと物価高で悪名高いこの都市が用意した贈り物を受け取った。涙がこみ上げてくるときのように、何かが彼女の内側から湧《わ》きあがってきた。足先から指先、頭のてっぺんまで勢いよく伸びていく、真っすぐな力だった。かっこよくて馬力のあるレーシングカーを駆り、どこへでも行けそうな気分だった。

夫は都市の喧騒《けんそう》が気に食わないのか、眉《まゆ》をひそめて戻ってきた。旅に対する不満は彼女への攻撃に変わったが、これは十二日間にわたって彼が駆使してきたお決まりのパターンだった。彼女は動揺しない自分に驚きを感じていた。軽い口喧嘩《くちげんか》の末、二人は別々に過ごすことにした。彼女は赤紫色の服の行列に飛びこんで一日を送った。

午前一時、ふたたび彼女は目を覚ました。

腕時計の光る針が沈黙から解き放たれた。都市は眠っていた。夫が寝入った瞬間からベッドが、ベッドと接している床が、床とつながっている天井が、天井とひと続きになっている建物全体が、建物に続く道の上のあらゆる生命が、眠りの渓谷に沈んでしまったようだった。百年の眠りについた城、壁に止まった蝿《はえ》すら身動きしないおとぎ話の絵本のワンシーンが眼前に広がっているようだった。苦しみが訪れるたびに空想の世界へと逃げこむのは幼いころからの習慣だった。彼女は慣れた手つきで商品を並べる露天商のように、空想にディテールを追加しはじめた。虐げられてきた子どもがそうするように、彼女もいくつかの記憶を削除することで無事に大人になれた。でも今回のように、命令する声に常に服従する習性だけは直らなかった。保留、先延ばし、決定権を委《ゆだ》ね、責任や重荷のない気楽な位置で指示に従おうとする気持ちが、いつも彼女を支配していたのだった。

目に見えない眠りの蔓《つる》が足首に絡みつこうと近寄ってきた。蛇の頭を踏みつぶすときのように、断固とした態度で眠りと忘却を踏みつけた。彼女は朝に聴いた鐘の音を覚えていた。あれはこんがらがった音をすべて元通りにチューニングしていくみたいな音だった。鐘塔《カンパニーレ》の下に行けば、台無しにしてしまった何かを再スタートさせられるのかな？　彼女は弾かれたようにホテルを飛び出した。

広場に敷きつめられた大理石の床は、氷上のようなきらめきで出迎えてくれた。彼女は鐘塔の下に座って、寝静まった都市をぼんやりと眺めた。山の中腹で守護聖女の彫像が月光を浴びて白く輝いていた。街を見回して見当をつけると、そちらに向かって歩きはじめた。

広場の端からは急勾配《こうばい》の路地が伸び、幅の狭い階段が続いた。聖女像は真夜中の灯台のような白い輝きを放ちながら、相変わらず丘の上で両腕を広げていた。階段を上りきると舗装されていない道が現れた。森までたどり着くころには胸の高鳴りは影を潜め、不審に思うようになっていた。いくら真夜中だからって、ここに来るまで誰ともすれ違わないなんて、何かおかしいんじゃない。行けども行けども聖女像は現れず、夜が明ける気配もなかった。実は今この瞬間も夫のとなりで眠っているのではないかという疑念が湧いた。何が起こっても落ち着いている自分の姿も、夢に登場する俳優のそれらしく思えた。

ついにそびえ立つ何かが見えてきた。聖女像かと早足で向かったが、輪郭が鮮明になるにつれ、その何かは尖塔《せんとう》へと姿を変えていった。見上げているとオオカミの遠吠《とおぼ》えが聞こえてきた。塔の入口を探していると、近くからまた別の声が聞こえてきた。女の子の泣き声だった。

＊＊＊

ママが私を閉じこめたのは仕方のないことだと思う。私はトロールの子だったから。魔女の野菜畑に捨てられていたトロールの子どもを、こっそり隠したんだって。今も満月の夜になるとトロールの足音が聞こえる。森からはいつも同じような音が聞こえてくるの。トロールの声、私を探す声。ママは風が通り過ぎる音だって言うけど、私はいつだってトロールの影を見つけ出せるんだから。

ママにはやらなきゃいけないことがたくさんあるの。だから満月のときしか塔に来なくても文句は言えない。ママはいつも疲れているから。私の髪の毛をつかんでここまで登ってくるのも、以前より時間がかかるようになったじゃない。

部屋って呼んだらいいのか、私の世界のすべてって言ったらいいのか、とにかくこの空間には窓が一つあるの。この程度の窓でも、キミに声をかける役には立った。キミは目が見えないから言葉で説明してあげる。ここには外に出るドアの代わりに一枚の絵が掛かってるの。何が描かれてると思う？　木だよ。なんのためにこんな絵を掛けたんだろうね！木なんてさ、うんざりするほど見ているのに。つまりね、あれは窓の外の風景をコピーしたも同然ってこと。

別に息苦しくはないの。あの息がつまる四隅さえ消してくれれば、それなりにやっていけそうなんだけど。ホワイトキューブの四つの角、ゾッとするほど嫌なんだ。なんでもいいから自白しなきゃいけないみたいで。髪の毛がこんなに長くなったのは、私がトロールの子どもだからだけじゃない。はっきり覚えているもの。つまり、あの四つの角のせいでもあるってことを。

ある日のことだった（いつもこれしか言えないの。ある日としか。要するに何月何日かはわからない、ある日って意味）。絵の中の木が額縁のせいでぶっつり切れているみたいに見えるのが、すごく気に障ったの。だから根っこが絵の下にどんどん伸びてくる空想をしてみた。

そうしたら私の考えを見抜いたのか、髪の毛が少しずつ長くなっていって絵にへばりつくじゃない？　壁にべったり張りついて、絵の具をつけた絵筆にでもなったみたいに、さらさらと絵を描いていった。そのころの髪の毛は今の半分くらいの長さしかなかった。それが、すーーーーーっと伸びてって、根っこを描いてるんだもん！

すごく笑えるでしょう？　髪の毛は脳に近いところにあるじゃない。頭の外側で伸びていく髪の毛が内側に入りこんで脳に触れたみたいに、それで脳の空想に気づきでもしたみたいに、私の想像どおりに動いてくれるんだもん。

髪の毛は壁一面に絵を描きはじめた。一度も見たことのない外の世界、人間と動物の世界、戦争と豊饒《ほうじょう》の世界、お話の中の世界だった。メドゥーサの気分ってさ、こんな感じだったのかな？　自分の頭皮を突き抜けて出てきた蛇たちがするする動き出して、とぐろを巻いて、解いて、舌をぺろぺろさせて、毒牙《どくが》を突き出していたとき、その動きの一つひとつを感じていたのかなあ？

悪い気分ではなかった。怖かったけど、うっとりしてたの。なんて言ったらいいのかな、髪の毛の心を感じられたんだ。髪の毛一本、一本。たくさんの個から成る複数の存在。あいつらが最初にしたことは四つの角を消し去って、この部屋を居心地の良い巣みたいにすることだった。しかも色も変えることもできたの！　もとの髪の色は茶色だったんだけど、この部屋は虹がかかったみたいに、七色に七十倍を足した色の饗宴だったんだから。

えっ？　そんなに長くて自由自在に動く髪の毛があるなら、塔から脱出できるんじゃないかって？

そう訊《き》くってことは、キミ、本当に目が見えないんだね。

塔も高くなったじゃない。髪が伸びるのと同じくらい塔も高くなっていってる。塔と髪の毛の関数が、ちょうどこれくらいなの。ママが私のところに通えるくらい、私がこの部屋にうんざりしないくらい。脱出をチャレンジ……したことないと思う？　私が窓辺に近づくたびに、髪の毛は引き潮みたいに短くなっちゃったんだよ。変な気を起こすなって警告するみたいに。

ということで私の結論。

うちのママは魔女だ。

うちのママはなんでも知っている。

うちのママはなんでもコントロールできる。

ママの所有欲は、この塔並みに高い。私は永遠にママの所有物。

この光り輝く髪の毛も、こいつらのレインボーカラーのペイントも、すべてママの魔法の支配下に置かれている。

部屋を埋め尽くす髪の毛の動き、それは永遠にここから娘を出したくないというママの願いによるもので、私の欲望ではないのかもしれない。私なんて野菜畑で育つセリやアスパラガスと同じで、ママが栽培した作物でしかないもの。

私は塔で育つ野菜。〈少女〉という野菜。私には名前すらないんだから。セリやアスパラガスにだってあるというのに。

だから、たったひとりの話し相手のヒバリちゃん。どうか許して。捕まえて翼を折り、目を潰《つぶ》したことを。私の膝《ひざ》の上でしか生きられなくしたことを。この寂しい牢獄《ろうごく》に耐えられなかったの。

私がキミにやったことは、ママが私にやったことと同罪だよね。私はママが許せない。だからキミも、私を許さないでしょうね。

ここまで言うと少女は突っ伏して泣いた。

＊＊＊

ラプンツェル。まさしくラプンツェルだ。そうじゃなきゃ、こんなふうに髪をつかんで塔に登っていくはずがない。飛び出たレンガをなんとか足がかりにしながら彼女は思った。おかしい。私は王子さまじゃなくてただの逃げ出した新婦なのに、どうやっておとぎ話の世界に入りこんだんだろう？　オオカミに追いかけられて大慌てで塔をよじのぼりながらも、はっきりと手に伝わってくる髪の毛の質感に彼女はゾッとした。

ついに塔の中に入りこむと、十二歳くらいとおぼしき少女がいて、その子が詮索《せんさく》するような目でこちらを見た。彼女は、鐘の音やオレンジの木、夫との不仲、衝動的にホテルから逃げ出してきたこと、森で道に迷ったことを矢継ぎ早に話した。もう、私ったら子どもに向かって何を言ってるんだろう？　とまどいながらも彼女は秘密をすべて打ち明けた。

「じゃあ私を塔から出してもらえますか？」

「助けてほしくて来たのはこっちなのに」

少女は小さくため息をついた。

彼女は、少女について知っていることを話して聞かせた。名前はラプンツェルで、有名な本の中の物語だと。少女にしてみれば、訪問者がトロールでないことのほうが重要だった。しかも、外の世界の人を目にしたのは、これがはじめてだった。

「ママは四日後に来ます。おばさんを部屋に入れたって知ったら大騒ぎするでしょう。それまでになんとかできないのなら、このままお帰りになるのがいいと思います」

「私は大人だから、なんとかできるはず」

いかにも自信のない声で言い返した彼女は、壁にもたれかかった。長かった夜が退いていくかのように、窓の外がうっすら白みはじめていた。小さな部屋にはベッドがひとつしかなくて、床に毛布を敷いて寝るしかなかったが、彼女はすぐに眠りに落ちた。

オオカミの鳴き声は塔の下からまだ聞こえていた。

盲目の鳥のさえずりで彼女は目覚めた。

風景が何も変わっていないことに驚かずにはいられなかった。夢から覚めたら夫のとなりにいるんでしょ、と内心思っていたのだ。

窓辺から外を眺めた彼女は、逃げ出してきた都市がどこにも見当たらないことをその目で確かめた。見渡すかぎり緑の海に囲まれていた。森の果てにオリーブ畑があって、その果てはまた森へと続いていた。尖塔の高さはおよそ二十五メートル。ホテルの廊下からオレンジの木を見下ろしたときも同じくらいの高さだったので、変に勘ぐった。ひょっとして本当に飛び降りたの？　なにもかも、仮死状態で見ている幻覚なの？

彼女はすべての疑惑を棚に上げておくことにした。やけに非現実的な状況に置かれてみると、現実的な仮説を立てるのが無駄に思えた。夢の中で見ているまた別の夢ならばいつか覚めるだろうし、おとぎ話の世界ならば物語がひとりでに進んでいくだろう。

「最近、通りかかった人はいなかった？　馬に乗った王子さまとか」

「王子さまって、何を寝言みたいなこと言ってるんですか？」

パンと水を持ってきてくれたラプンツェルは、あきれたように彼女をにらみつけた。つんと澄ました十代の少女との掛け合いが面白くて彼女はにっこり笑った。魔女、トロール、巨人、そんなやつがいるなら実際お目にかかりたいものだと思った。混乱なら、結婚式が終わってから立て続けに味わってきたし、被害感情ばかりに囚《とら》われ続けた状態が中断しただけでも愉快だった。塔は高く狭い監獄にすぎなかったが、一方で安全とも言えた。オオカミが大挙して来ても、ここにいれば大丈夫だろう。裏を返せば、ここから降りたところでオオカミたちがうろうろしている森を進むしかないという話になる。

ラプンツェルは、オオカミよりトロールのほうが問題だ、とぶつくさ文句を言った。トロールが巨人たちの肩に乗り、窓から中をのぞきこむらしい。ベッドの下に隠れるために昼夜逆転の生活を余儀なくされていた日々について、ラプンツェルは臨場感たっぷりに描写した。娘を森に置き去りにして半月ごとにようすを見にくるだけの母親に対しては、むしろおかしな罪悪感を持っているようで、ラプンツェルいわく、ママは私を守るのに疲れ果てちゃったんだそうだ。彼女は自由気ままに物語を作っていた自分の幼いころを思い出した。思いつくままに言葉を紡げば、竹かごが編みあがるように素晴らしい物語が完成していた幼年期の天性の才能。あれからそんなに時が流れてもいないのに、彼女の物語の引き出しにはもう、愛する人が抱かせる悲しみしか入っていなかった。

ラプンツェルの髪を結い上げるのに丸三日かかった。その間に二人はたくさん話し合って計画を練ったが、何ひとつ実行に移せなかった。

「おばさんが来てから雲行きが怪しくなりました。おばさんも魔女だったりしませんよね?」

二人の計画は、強まる雨脚のせいで水の泡となりつつあった。土砂降りの雨を眺めていたラプンツェルは窓を閉め、カーテンを引いた。ラプンツェルは不満たらたらだったが、鳥ではなく人と会話できるのがとにかくうれしいようだった。

雨が止んだ場所には次々と風が立ちはじめた。だんだん強く吹き荒れ、なぎ倒された木々の枝がドン、ドン、ドンと激しく塔にぶつかりはじめた。猛威を振るう風の荒々しい手は、とうとう鎧戸《よろいど》を破壊すると同時に、猛烈な勢いで中に入りこんできた。

「危ない!」

彼女は咄嗟《とっさ》にラプンツェルを抱き寄せた。ラプンツェルの髪の毛が風にもまれて、ぎゅっときつく締めたロープのように二人を取り巻いた。目を開けられないどころか、息もできないほどの強風だった。家具が窓の外へ吹っ飛んでいき、残されたのは重い洋服ダンスと二人だけだった。倒れた洋服ダンスにしがみついていたが、もう限界だった。その瞬間、塔の崩れる音がして、二人はつむじ風の中心に巻きこまれていった。

根こそぎ抜けた木々が宙を飛び回る中で彼女とラプンツェルは、何がなんだかわからず悲鳴を上げていた。巨人の手でつかまれて容赦なく振り回されているみたいだった。彼女は必死に手を伸ばし、暴風の中で何かをつかんだ瞬間、つむじ風の外へ向かって思いっきり飛び出した。

＊＊＊

「トト、静かに！」

頰《ほお》に伝わるざらざらとした感触。もう一度、目を開ける時間なのだ。丸太の屋根、心配そうな顔でのぞきこむ二人の少女、茶色い毛むくじゃらが一斉に目に飛びこんできた。刺すような頭の痛みに、彼女はふたたび目を閉じた。意識と無意識とが忙しく切り替わるなか、カンザス、ドロシー、竜巻といった単語が聞こえてきた。くすくすと喉元《のどもと》から笑いがこみ上げた。いくつかのおとぎ話から少しずつページを破りとって重ね合わせ、穴を開けてくぐり抜けたらこんな感じだろうなと思った。

「……頭を怪我してるみたいですよ。おでこも切れて血が出てます」

ラプンツェルの声だった。彼女はうーん、とうめきながら起き上がって座りなおした。横ではラプンツェルより二つくらい幼く見える少女が子犬を抱いていた。依然として嵐のうなり声は聞こえている。難破船のように大きく揺れる丸太小屋は、ぎしぎしときしみ続けた。

「いつからこんなことに?」

「わかりません。ママとパパのケンカがひどくて、みんないなくなっちゃえばいいって思って。それなのに、竜巻は私とトトしかいない家のほうを吹き飛ばしちゃったんです」

新しいおとぎ話のはじまり、ここは竜巻の中。彼女が出会った少女たちはみな、どこかに閉じこめられていた。

「どうしてそんなふうに足を引きずって歩くの?」

「靴のせいで足が痛くて」

ドロシーはどう見てもサイズの合わない靴をはいていた。それは親たちが手をくださずとも与えることのできる体罰のひとつだった。言うことを聞かないときはいつも、小さくてきつい靴をはかせ反省の時を過ごさせたのだ。ドロシーの不自由な靴は、彼女が忘れていた幼い日々の記憶を呼び覚ました。

沈黙、無視、蔑《さげす》んだ目、お上品ぶった攻撃の気配を感じると、彼女は紙に左右対称の点を隙間なく並べ、両側を結ぶ線をひたすら書いた。両親はその点のように結ばれることなく、紙の外へと出ていってしまった。ドロシーが自ら罰を望むような靴をはいている姿を見ると、あの頃がよみがえり、じっとしてはいられなかった。

「嵐は止むよ。この家はふわりと降り立つついでに東の魔女を踏みつぶすだろうし、あなたはこの国の小さな住民たちの英雄になる。そしたら新しい靴がもらえるから、そんな靴、すぐに脱いじゃいなさいよ」

「いったいなんの話ですか？」

この子たちを次のページまできちんと連れていってあげなくちゃ。彼女はひとりごとを言いながら、また横になった。

＊＊＊

「おばさんの言ったとおりでした！」

ドロシーが喜びの声を上げた。窓の外でうなりを上げていた轟音《ごうおん》は寝ている間に消えてなくなっていた。風がおさまり、一行は着地したのだ。ぺしゃんこにされた東の魔女やこの国の住民たちの姿は見えなかった。代わりに緑色のヘビが出迎えるように鎌首をもたげ、先の分かれた舌をぺろぺろと出していた。

「ついてこいって合図だね」

ラプンツェルは盲目の鳥を、ドロシーはトトを、彼女は二人の少女を先に行かせ、ついに地面を踏みしめた。にょろにょろと先導するヘビは絨毯《じゅうたん》のような草むらを抜け、藪《やぶ》に差しかかると、どこかへ消えた。

一行は歌声に心を奪われた。木立の隙間からささやくような声が聞こえてきたのだ。導かれるように歩みよると、赤いずきんをかぶった小さな後ろ姿が見えた。今度はあなたなのね、彼女は迷いのない足取りで近づいていったが、ぎょっとした。間違いなく子どもだと思ったのに、赤いずきんの正体はしわだらけの顔をしたこびとのお婆《ばあ》さんだったのだ。

「お婆さんはどなたですか？　ここはどこですか？」

驚いた彼女は続けざまに質問をしたが、答えはなかった。こびとのお婆さんはゆっくりと口を開けると、話すことはできないとジェスチャーで訴えた。よく見ると上下の唇は鋭い何かで切り取られ、なくなっていた。彼女は口を押さえて悲鳴を上げた。

〈落ち着くんだ〉

頭の中に声のようなものが響いた。

〈やつらがあたしの口を奪っていった。でも歌うことはできるのさ。お前たちが来るのは

わかっていたよ。キノコたちが教えてくれたからね〉

小さなお婆さんは、背は低くても力は驚くほど強くて、なんでも軽々と持つことができた。自分の体の二倍もある包みをかついで先頭を歩きはじめたお婆さんに操られるように、一行は後に続いた。密集した木々の間を進む道中、お婆さんはこれまでの冒険について聞かせてくれた。引っこ抜いた自らの首を脇に抱えて彷徨《さまよ》っていた王子を追い払った話から、服を着て人間になりすましたずる賢いオオカミの腹を裂いた話、メイゼルとシュリメイゼルという双子についての話へと続いた。

〈メイゼルが去ると、そこにシュリメイゼルが現れる。この子たちには背中にこぶがあってな。そこにはそれぞれ希望と絶望が入っておる。二人はそっくりだから、きちんと見分けなければならないよ〉

彼女は見当がつかなかった。ラプンツェルにドロシー、赤ずきんまで一緒に歩いていたら、いったいどんなことが起きるのか。知っているのは少女たちの名前や呼び名だけで、それだってちぐはぐなピースなのだ。

「あなたは魔女でしょ。そうでしょ?」

〈当然だ。そうでなければなんなのさ?〉

おとぎ話に出てくる少女たち、そのうちのひとりが自分だったとお婆さんは言った。しわくちゃのお婆さんの顔を見つめながら、少女が魔女になるお話があっただろうかと記憶をたどってみた。

〈到着だ。ここで野宿するよ〉

原っぱに出ると、お婆さんは背中の荷物を下ろした。

キノコたちが描いた円《フェアリーリング》。その中に入っていったお婆さんは包みをほどいて薪《まき》を取り出し、火をつけた。それから、みんなに栗を拾ってくるように言いつけた。栗を焚火《たきび》で焼いて腹を満たすと、暗くなった空に星が瞬きはじめた。

＊＊＊

月がまあるく満ちるまで旅は続いた。

一行は一日のうち半分ほど歩いては食べ物や寝床をこしらえるのをくり返した。果てしなく続く森では、お婆さんについて行くほかなかった。ヘビは出るわ、獣もしょっちゅう見え隠れするわ、そんな場所では信じられないほど力が強い上に、なんでも出てくる包みを持った魔女の後ろをついていくのが何より安全だった。

お婆さんが魔女なのは明らかだ。そうじゃなきゃ、角を生やした獣たちが頭を垂れたり、毒をたくわえたヘビやカエルがするすると一行を避けていったりするはずがない。二人の少女、少し神経質なラプンツェルといくらか抜けたところのあるドロシーは、姉妹のように仲良くなってどこへ行くにも一緒だった。

お婆さんは焚火を見つめるたび、心の深いところに押しこめていた思いをしぼり出そうとする人のように深刻な表情を浮かべた。彼女は背丈が自分の半分しかないこの怪しげな老婆が、何を考えているのか気になった。

〈あんたがなぜあたしたちを呼んだのか、考えてるんだよ〉

お婆さんがこう答えると彼女は面食らった。自分がこの人たちを呼んだなんて、狐《きつね》につままれたような話だ。

さらに気がかりなのは、日がたつごとにお婆さんの包みが小さくなっていること。それに合わせるようにお婆さんの体も縮んでいるということだった。少しずつ、少しずつ、お婆さんはしぼんでいった。そのうちに、アリのように小さくなって消えてしまうのではないかと心配なほどだ。

〈痛みのせいだよ。痛みがやってくるたびに少しずつ縮んでしまうんだ。あたしがいなくなったらあの子たちを守るのはあんたの役目。自分の首を抱えて歩く男には用心して、メイゼルとシュリメイゼルに出くわしたら、よく見極めるんだよ。シュリメイゼルが声をかけても相手にしちゃいけない。あれはとても悪賢いから〉

姿を消す前の日、お婆さんは彼女にこう言い聞かせていた。

＊＊＊

森が終わるのかと思ったが、それは罠《わな》だった。一行は木の葉で覆い隠された穴に落ちてしまったのだ。

「怪我はない？」

彼女は子どもたちの服についた土を払ってやった。誰がこんなことをしたんだろう。ここにいたらオオカミの餌食《えじき》になってしまうんじゃない？　あらゆる想像が頭をよぎった。見上げてみると彼女たちの力では到底登っていけない深さだった。穴の横には大きなオリーブの木が生えている。この木がなかったら真昼の太陽に灼《や》かれ、穴の中は蒸し風呂と化していたに違いない。

「誰も通りかからなかったら、どうなるの？」

震える声で尋ねる子どもたちに、彼女は返す言葉がなかった。

飲み水が尽きると、みんな元気をなくしていった。幾度となく気を失いそうになる子どもたちに、彼女は声を掛け続けた。ラプンツェルの鳥が飛んでいったので、どこかにSOSを送ってくるだろうと思えることがひと筋の望みだった。だが盲目の鳥が戻ってこられるのか確信はなかった。

三日ぶりに穴の上に人影が現れたとき、彼女はそれが誰なのか直感した。背中の曲がった兄弟が、しゃがみこんで穴の中をのぞいている。チェック柄の開襟シャツに半ズボン、ひざ下まである長靴下をはいた双子は、若いのか年を取っているのかよくわからない顔をしていた。

「メイゼル、助けて！　穴から出られないの」

「おれはシュリメイゼルだよ」

二人のうち、端正な顔立ちの少年が答えた。

「おれたちは同時には現れない。並んでいるように見えるだろうが……よく見とけよ」

シュリメイゼルは横に座っている兄弟の背中をぽんぽんと叩いた。よく熟したスイカを叩いたときのような音が響くばかりで、メイゼルはマネキンのようにぴくりともしなかった。

「空っぽだからこんな音がするのさ。メイゼルは、からっきし食べてないんだ」

おとぎ話にはじまり悪夢に終わるということか。絶望を背中につめたシュリメイゼルと先に出会ってしまった彼女は、力が抜けた。相手にするまいと思ってもみたが、伸びてぐったりしている子どもたちを前にそうするわけにはいかなかった。お婆さんが姿を消した今、この子たちを守る人間は自分だけなのだ。

「ここから出して。この子たちさえ元の世界に帰れるなら、なんでもする」

「一度解き放たれた者は、絶対におとなしく戻っていったりしないさ。何もかもお前のせいじゃないか。はっきり言って、お前は厄介者だ」

「どうすればいい？」

シュリメイゼルは気味の悪い笑みを浮かべた。

「カードを一枚、持ってくるだけさ。そうすればその子らも助けてやるし、小さな婆さんがまたガキに戻れる秘薬もわけてやる」

恩着せがましく水の瓶を投げ入れながら、シュリメイゼルは込みいった話をはじめた。

「グリフィンに乗ってマダム・パウリナの店へ行くんだ。でっぷり太った女がタロットカードを見ながら未来を占ってる。カードをずらりと十二枚並べたら、お前は右から二番目を選んで手渡すんだ。それを見たマダムはむだ話を延々と続けるだろうよ。ここからがやっかいなんだが……マダムが予言を告げてる隙に、左から三番目のカードをくすねてこいって話さ。それをおれに持ってくれれば、そいつらを助けてやる」

「カードがなんなのか、聞いてもいい？」

シュリメイゼルは、見かけと同じくらい怪しげな目つきでにやっと笑った。

「それがおれの手に入れば、お前は永遠にメイゼルには会えない。絶望した人間たちでぎっしり満たせれば、おれはこの厄介な背中のこぶを取ってしまえるんだ」

希望もなく生きていけという呪《のろ》いのように聞こえたが、しばらくして彼女は首を縦に振った。少女たちに出会ってから、〈保護〉や〈責任〉という感情が芽生えた。唇を切り取られた赤いずきんのお婆さんに対しても。はじめての感情が不吉な取り引きに応じる勇気を与えたのだ。

マダム・パウリナに差し出す金貨を手渡しながらシュリメイゼルが口笛を吹くと、巨大な鳥の影が現れた。獅子の体にワシの翼を持つグリフィンが、穴の横で翼をたたんだ。

「これだけは肝に銘じろ！　グリフィンに乗ったら、どんなことがあっても振り返ってはいけない」

瞳孔《どうこう》がひらいたまま穴の中に倒れている二人の少女を見ながら、彼女はうなずいた。

＊＊＊

グリフィンが彼女を降ろした路地は、逃げ出してきた都市の風景とどこか似ていた。マダム・パウリナの店は路地のいちばん奥まったところにあった。部屋に入ると街の騒音が飲みこまれたように消えうせ、椅子に腰かけている太った中年女性が彼女に目を合わせてきた。そしてとくだん言葉を発することもなく、鋭い目つきで見つめると、自分の向かい側にある椅子を指さした。それから燭台《しょくだい》に新しいろうそくを据えて火を点けた。火が灯ると、麝香《じゃこう》と草の混ざりあった香りが部屋に広がった。

なにもかもがシュリメイゼルの言ったとおりだった。中年女性はひと揃いのタロットカードを手際よく交ぜるとテーブルの上に置いた。複雑なアラベスク文様の描かれたカードの裏面をしばらく見つめた彼女は、さも自分の意志であるかのように右から二番目を選んだ。カードを確認したパウリナの顔に小さな動揺が走った。

その瞬間、一陣の風が吹いてろうそくの火が消えた。パウリナがマッチを探すために席を立った。すべてが疑いようのない〈合図〉だった。彼女はこの隙を逃さずに左から三番目のカードをさっと奪うと、シュリメイゼルに渡されたものと取り換えた。〈カード〉はいまや彼女の袖《そで》の中だ。激しい鼓動がパウリナに気づかれそうなほどだった。

「愚者、金貨、塔、また愚者……靴、ここに死があるね。死は二度通り過ぎた。それから、この最後のカードが問題なんだけれど……」

パウリナの声が洞窟《どうくつ》の奥深くから聞こえてくるみたいにくぐもっていた。彼女はうなずくとシュリメイゼルがくれた金貨をテーブルに置き、そそくさと店を抜け出した。

グリフィンの背中にまたがろうとしたとき、誰かが大きな声で名前を呼んだ。夫、それは彼女の夫の声だった。

「戻ってこい！」

命令する声、直ちに戻ってこいと怒鳴りつける声が聞こえるやいなや、彼女は体に染みついていた服従の合図を反射的に出してしまった。振り返ってしまったのだ。保留したい、先延ばしにしたい、弱くなりたいという欲望、決定権を手放して従う側に傾いてしまうような、大声に呑《の》まれたいという欲望、毎回彼女を駄目にしてきたそんな欲望が、一瞬にしてまた動き出してしまったのだ。振り返った瞬間に袖口のカードが地面に落ち、グリフィンは勢いよく飛び立った。一気に天高く舞い上がったグリフィンは体を左右に揺らし、パウリナのカードを持たない彼女を振り落としてしまった。彼女は下へ下へ、どこまでも落ちていった。

森のはしっこに転げ落ちた彼女は、体がなんともないのを確かめるとすぐさま穴のあるほうへ走った。オリーブの木を探すうちに、なにひとつ元に戻せなくなったことを彼女は察した。そのときになって、さっきはよく聞こえなかったパウリナの声が耳元に渦巻いた。〈二人の少女はお前だ〉〈お前が背を向けてしまったら、あの子たちは永遠に塔や竜巻の中に閉じこめられていなくてはならない〉〈あの子たちが閉じこめられているかぎり、お前は将来昏のない老婆になってしまうだろう。痛みがやってくるたびに縮み、しぼんでゆく老婆に〉〈傷口に刺さる矢は外にあるのではない〉。パウリナの顔が少しずつ遠ざかり、森に踏みこむ直前に見た聖女像と重なった。どんなに歩いてもたどり着けなかったあの像に。

ようやくオリーブの木を探しあてた。穴が埋められて平らになっているのを見た彼女は、ぺたりと座りこんだ。少女たちは生きたまま埋められたのだろう。現場にはオリーブの葉が落ちているだけだった。

〈また失敗した〉

結局ここにしかいられないんだ。台無しだ。全部台無しにしてしまった。かわいい赤ずきんちゃんに戻れる秘薬と唇を小さなお婆さんに持っていってあげられるかもしれない、そんな希望も消えてしまった。自分の愚かさに彼女は頭がおかしくなりそうだった。と同時に、自分の中からこみ上げる甘美な落胆の感情、すべてを手放して絶望に投降してしまいたいという誘惑が湧きあがっていた。いつも暴君の手中にあるのはすべてこの欲求のせいだった。彼女の意気地のなさが暴君の声を呼び寄せる。そして我に返ると涙が両頬をつたってとめどなく流れているのだ。

彼女は涙をぬぐった両手で土を掘りはじめた。自分が埋めてしまった過去を掘り返すようにうんざりだった両親のケンカ、独り身になった母の過保護と執着、母から逃げた先には、姿かたちはその都度違うものの常に暴君がいて、彼女は暴君たちの指図に従っていた。そうするほうが、しないより楽だったからだ。いつも暴君だけを恨んで泣き続けること、記憶を分析するよりも削除すること、それが弱い自分を守る方法だと無意識に信じてきた。メイゼルの中身が空っぽなのは、いつだって彼女がシュリメイゼルにばかりおいしい思いをさせて育ててきたからだろう。

記憶がすべて戻り、深く掘った穴を満たした。その隙間に涙が落ちた。涙の種が落ちた。

習慣のように感じてきた絶望ではなく、深く鋭い悔恨の涙が地面を濡《ぬ》らした。土でまっくろになった彼女は、もはや否定しようのない自分自身の情けなさを認めるとともに、守ることのできなかった二人の少女と未来の老婆を悼んだ。

涙が落ちた。

涙の種は地面から芽を出し、若木ほどに育った。おかしな点があるとすれば、葉も枝もすべて透きとおっているということだ。ぐんぐん育つ透明な木に水をやるように、彼女は泣き続けた。割れた甕《かめ》を涙で満たそうとするお姫さまの話が頭に浮かんだ。お話に逃げこむ癖、空想にディテールを加える癖はこの瞬間も止められなかった。

木はいつしか彼女の頭上高くまで育ち、実がなった。透明な実が地面に落ちると、器が割れて水があふれるときのように波が起こった。巨大な波はつむじ風に舞うラプンツェルの髪のようでもあり、ドロシーの丸太小屋を巻きこんだ竜巻のようでもあった。彼女は飲みこまれる次の瞬間を待った。おとぎ話の中でも外でも行き場を失った今、彼女の最後の行き先は涙の種が作り出した波の中だと思ったのだ。

枝分かれした一筋の波が、彼女の背丈ほどの高さに身を起こしたかと思うと、お辞儀をする臣下のように泡沫《ほうまつ》を丸めた。

彼女は知らず知らず手を差し伸べた。水の中に留めた手を引き出すと、三粒の水の結晶が掌《てのひら》に残った。宝石のようなその三粒を握りしめると、波は一歩後ろに下がった。

彼女の歩みに合わせて波が引いていった。ちっとも濡れていない地面を踏みしめて彼女は進んだ。二つに割れた波の先には広場が見えた。波の通路を抜け、十二の路地へと続く広場を見た瞬間、パウリナのテーブルを思い出した。この街全体があのタロットカードだと直感した彼女は、左から三番目の路地を選んだ。四方からはわめき声が聞こえてきた。父、母、人生に登場してきた暴君たちや夫の発したどなり声がひとかたまりの騒音になって耳をつんざかんばかりに響き渡ったが、今回ばかりは惑わされも振り返りもしなかった。路地の突き当たりにはチェック柄の服を着た少年が待っていた。

〈メイゼル〉

おとぎ話に登場しない少女が、少年に向かって歩きはじめた。

あとがき

私は今、コスタリカのニコヤ半島の端、カーボ・ブランコという場所でこれを書いています。異郷の地で白い紙に向かうと、どういうわけか文章は手紙になってしまいます。だから受取人のいる文を書いてみようと思います。どこかにいる読者に宛てて手紙を書くのだと考えると、海の真ん中でどこにボートを停泊させるか決まってくるようです。読者という島に向かって、この午後のボートを走らせてみようと思います。

本当のことを言うと、出発するまでは不安で憂うつでした。三冊目の短編集に入れる原稿の束を出版社に送ってからは、不安は増すばかり。どうしてかというと……。

まとめてみたら鮮明に見えてきたんですね。現実の重力と想像力の浮力の狭間で分裂した時期を過ごしていることが。中年に差しかかり、遅い結婚と高齢出産で人生二度目の疾風怒濤の時間に見舞われました。軽やかだった日常が複雑な行程へと変わり、子どもは圧倒的にかわいかったです。この小さく愛すべき教皇が、私のペンを打ち負かすのではないかと不安に震えていたのですが、幸いにも上の子は下の子を憎んだりしませんでした。上の子、つまり私の書いた文章は子どもを憎まなかったし、下の子、つまり娘は書くことのほうがいまだに優先されるときもあると納得してくれました。

それでもかなり疲れてしまい、気落ちしてしまうことも多かったです。原稿を書こうとカフェに行ったのに、いつのまにかうとうとしているときがあるのですが、加熱すると液体になる砂糖のように、その短い時間がどれほど甘く煮つまっていくことか。ごく稀に夢と意識のはざまで〈重曹〉のような白い粉を見つけると、箸の先にちょこんとつけて、お玉の中の砂糖をぐるぐるかき回します。すると透明だった砂糖の液体が白く固まっていき、おいしい砂糖菓子ができあがります。つまり夢物語です。はっと目覚め、今さっきのアイディアをしっかり捕まえようと悪戦苦闘するのですが、創作のお玉が真っ黒に焦げているだけ、またしてもめちゃくちゃ、使えなくしてしまい、ママに叱られるんじゃないかと気を揉む十二歳に戻ってしまうのです。ほんの数文字すらもリュックにつめられずに帰宅する夕方になると、がっくりと肩を落とした長い影が寄り添っていたものでした。

でも待ちに待った旅に出て海に浸かり、真っ黒に日焼けする日々が続くうちに、不安は汗腺から抜け出していったみたいです。一種の浸透圧現象のように、海の青いオーラが私の中に入りこんできたのかもしれません。勇気。この数年の間、いちばん切実に感じていた単語は勇気だったんじゃないかなと思います。

私に勇気を与えてくれたあらゆる瞬間、すべての人にお礼が言いたいです。家族と友人、いくつもの教室で出会った教え子たち、ルシア・ベルリンをはじめ、友情を感じている今は亡き作家たちにも感謝しています。旅行中に前歯が三本もなくなった娘のイスプ、特にありがとう。これから芽吹くイスプの新芽の歯のように、私の文章が健やかに育ってくれることを願っています。
今もめちゃくちゃのままだけど、それでも私の前には設計図が何枚かあるんです。私を蹴つまずかせる目の前の石はどうすることもできないくせに、火星へと旅立つ宇宙船にはまっしぐらに乗りこむといったところでしょうか。透明な砂糖水を白くする重曹はまだ両手に残っているし、これからも私の前に現れるはずだと信じていますから。
さっきスペイン語の辞書を見ていたのですが、カーボ（cabo）には〈端〉〈先端〉という意味があるそうです。「caboは真理だ」。夫がまばゆい海を見て、こうつぶやきました。そういえばcaboという単語が地名に入っている場所は、どこも素敵だったように思います。この本はある意味、私の先端で書かれましたが、目の前に広がる海のように素敵ではないですね。でも、
いつか私の宇宙船に、皆さん全員を招待したいと思っています。

二〇二〇年　夏の国の冬より

キム・ソンジュン拝

訳者あとがき

本書は韓国で二〇二〇年にチャンビより刊行されたキム・ソンジュンの短編集『エディ、あるいはアシュリー（에디 혹은 애슐리）』の全訳である。二〇一四年から五年間にわたって発表された八編が収録されている。

著者のキム・ソンジュンは一九七五年生まれ。二〇〇八年に「わたしの椅子を返してください」（未邦訳）で中央新人文学賞を受賞して作家活動をスタートさせた。その後は二〇一〇年の第一回開催から三年連続で若い作家賞を受賞するという快挙を果たし、瞬く間に期待の作家として頭角を現した。デビューして一〇年となる二〇一八年には、本書に収録されている「相続」で第六十三回現代文学賞を受賞。これまで刊行された作品に短編集『ギャグマン』、『国境市場』、中編小説『イスラ』（いずれも未邦訳）がある。

日本では雌犬のライカと女性のクローン人間とロボットのシスターフッドを描いた「火星の子」（斎藤真理子訳、『韓国フェミニズム小説集　ヒョンナムオッパへ』所収、白水社、二〇一九年）、そして「火星の子」の続編として書き下ろされた「未来は長く続く」（斎藤真理子訳、『文藝　2020年秋季号』所収、河出書房新社）が訳されているが、単著の紹介は今回が初となる。

著者の描き出す世界を一言で表すなら「大人向けのおとぎ話」といったところだろうか。はじめて読んだ作品は『国境市場』だったが、リアリズムとファンタジー、そのどちらの手綱も巧みにさばき、境界を軽々と飛び越える作家というイメージを持った。

本書の収録作も現実と幻想を自由に飛び回る物語が混在しているが、背景に描かれているのは移民、ジェンダー、失われた日々、喪失、生病老死、再生といった、どれも現実の社会に起因する内容ばかりだ。つまりここで用いられている幻想とは、現実を遠回しに読み解くためのアイテムという位置づけなのだろう。作家のオ・ジョンヒは「寓話と幻想、迫真性を感じさせる現実。これらを自由に、適切に活用する技量や、叙述の中に自然に溶けこんでいる格言《アフォリズム》が、読む楽しさや余韻に一役買っている」と称賛している。

本書は収録作のすべてに共通するテーマがあるというより、一つひとつの物語が独立している多彩な作品集であるため内容も多岐にわたる。本文で言及しきれなかった部分について、ここで簡単に申し添えておきたい。

「レオニー」

フィリピン出身の両親が出稼ぎに来ているチリで生まれた幼いレオニーの視点で話は進

むが、後半部で実のところレオニーはとっくに成人していて、懐かしき日々を回想しているのだと判明する。「です・ます」調で書かれた文章は夏休みの絵日記のようで微笑ましいし、たった数日の思い出がその後の人生を支えてくれる光にもなるのだと温かい気持ちになる。だが同時に、五年に一度の祖国への帰省のために厳しい環境下で働き続けるレオニー一族を想像すると、人は一体なんのために労働するのだろうかという切ない現実も見えてくる。実際にフィリピンの海外出稼ぎ労働者が本国へ送金する金額は、国内総生産（GDP）の約十%にもなるそうだ。

「エディ、あるいはアシュリー」

時間が百年ぶりに動き出した世界の少年少女を描いた、著者の中編小説『イスラ』がモチーフとなっている。「生物学的に決定された生まれつきの性別が自分に合っていないのではという考えは、神を冒瀆する文化の産物」とエディを否定した牧師の言動や、インプットされたデータに従っているだけとはいえ、あるがままの姿を包んでくれるケアロボットのエンドとの交流から、アイデンティティは時として人の生死をも揺るがすのだというメッセージが浮かび上がってくる。クィア短編集『人生はいつでも倒れる一歩手前』（未邦訳）収録作。

「海馬と扁桃体」

年齢も住む世界も異なる海馬（僕）と扁桃体（老人）が、一冊の絶版本をきっかけに友情を深めていく。人間の脳における海馬と扁桃体は喜怒哀楽などの感情を司っており、タツノオトシゴのような形の海馬には感覚情報を記憶として整理する役割が、アーモンドのような形の扁桃体には海馬から受けた情報を記憶と照らし合わせ、快、不快、好き、嫌いを判別する役割がある。つまり記憶にかかわる海馬と感情にかかわる扁桃体は密接に関係し、互いに深く影響しあっているというわけだ。ソウルの光化門《クァンファムン》一帯に実在する建物名や地名が多く登場するシーンでは、海馬と同じように足しげく教保《キョボ》文庫に通った日々を懐かしく思い出した。

「正常人」

北朝鮮の主体思想を受容する韓国大学総学生会連合（以下、韓総連）は創立式に約八万人が参加するほどの勢いを誇った時期もあったが、一九九六年に延世《ヨンセ》大学を占拠して多くの負傷者を出した韓総連事件、翌九七年に警察関係者と誤認した若者を虐殺した事件をきっかけに孤立と衰退の道を余儀なくされる。

自らを韓総連の名残の世代と評し、マルクスや革命を夢中になって論じていた正常人先輩、ジュヨン、ソンホの三人の若者も、二十年後には韓国の学生運動のなれの果てと同様につまらない中年になっていた。青春にけりをつけそびれた人、折り合いをつけながら大人になった大人になった人の悲哀がリアルに描かれている。

「木の追撃者　ドン・サパテロの冒険」

悲しみ方や泣き方がわからず、涙と愛を剝製にするしかなかった不幸なドン・サパテロ。最後に登場するオルフェウスはギリシャ神話の吟遊詩人で、毒蛇に嚙まれた亡き妻を黄泉の国から連れ帰る途中、冥界の王との約束を破ってふり返ってしまう。ロトの妻は旧約聖書の創世記に描かれた人物で、やはり逃げる間はふり返ってはならないという神の言いつけに背いてしまった。イスラエルの死海のほとり、ソドム山にロトの妻の姿といわれる塩柱が実在する。イタリアの韓国語翻訳者は〈ゴマがあふれる〉をなんと訳すのだろうか。

「へその唇、嚙みつく歯」

社会秩序は建前と本音の使い分けによって成立しているところが多分にあり、いくら「私の本心と完全に嚙み合っていないわけではない」とは言っても、ところかまわず罵詈雑言をまき散らすへその唇の存在は厄介以外の何物でもないだろう。

不幸な生い立ちの私は口を閉ざすことで自分を守ってきたが、受け入れられたい、愛されたいという切なる思いは渇きとなり、口を開いて噛むという行為へとつながっていく。歪んだ欲望に変質した愛着は、どこまでも受け止めてくれる星を噛むことによって最後に成就する。欲求や渇望にもがく人間を、木部になって俯瞰するようなファンタジー。

「相続」

二〇一八年の現代文学賞受賞作。語り手がキジュ、ジニョンと入れ替わり、ともに過ごした過去と残り少ない未来が、それぞれの視点で交互につづられる。本を介して出会った若き小説家の先生、苦労人のキジュ、小説家志望のジニョン。三人のシスターフッドが〈書くこと〉を軸に進んでいくが、先生がはじめての講義で熱弁した「小説は一種の翻訳です。自分の認識が加わった世界についての翻訳。そうした認識は冷たい知性で形成されるものではありません。完全に圧倒され、鷲づかみにされ、虜になる、そんな経験が必要なのです。私たちには激しさが必要です。プロットだとか文章なんてものは放り出し、ここからスタートしましょうよ。一度でもこの熱さに焼かれることが目標です」という言葉は、著者自身の書くことへの視点や情熱とも共通する部分があるのではないだろうか。

シュテファン・ツヴァイク『感情の混乱』のくだりは、「感情の混乱」（高橋健二訳、『ある女の二十四時間』所収、蒼樹社、一九四九年）を現代仮名遣いに修正し、引用させていただいた。

「メイゼル」

おとぎ話のパラレルワールドと主人公の成長物語が同時進行していく。『オズの魔法使い』、『赤ずきん』、『塔の上のラプンツェル』、『メイゼルとシュリメイゼル――運をつかさどる妖精たちの話』の登場人物が出てくるが、ラプンツェルが盲目の鳥を相手に塔で嘆くシーンは、ディズニー映画ではなく、原作のグリム童話をモチーフにしていると思われる。ラプンツェルとは野菜のノヂシャ（ヨーロッパではサラダに広く利用されている）を意味するドイツ語。昔むかし、魔女の庭に生えるラプンツェルを盗んで食べたことがばれた夫婦は、生まれた子どもを奪われてしまう。塔に閉じこめられた子どもは美しく成長し、通りかかった王子と恋に落ちて身ごもるが、魔女によってふたりの仲は引き裂かれ……。

収録作の中でもっともファンタジー色が濃いが、本作を最後に持ってきたことによって、希望と未来を感じられる一冊になったのではないだろうか。

著者は「相続」の中で、成功を収めることのできなかった、あらゆる小説の残骸は、砂よりも小さく、蛍よりもかすかな光の粒子となって、大地の上に光の群れを作り上げると書いた。挫折して粉々になった作品も、それぞれの光を放つ大切な破片なのだと。次作ではどんな光を見せてくれるのだろうか。そしてどんな宇宙船に招待してくれるのだろうか。

とても楽しみだ。

韓国は数え年での年齢表記が一般的なため、普段の翻訳では満の年齢に変更するようにしているが、今回は背景が韓国でない作品や、どこまでが現実か不明瞭に描かれた作品が半数を占めているため、基本的にそのまま訳出している。ご了承いただきたい。

編集を担当してくださった斉藤典貴さん、校正を担当してくれた友人、この本に携わってくださったすべてのかたに御礼申し上げます。

また翻訳の一部に参加してくださった飯田浩子さん、大窪千登勢さん、髙橋恵美さん、高原美絵子さん、西野明奈さん、バーチ美和さん、山口さやかさん、湯原由美さん、一年間ほんとうにお疲れさまでした。ともに学べた日々に感謝しています。

二〇二三年　初夏

古川綾子

著者について

キム・ソンジュン Seong Joong Kim

1975年ソウル生まれ。明知大学文芸創作学科卒業。2008年に短編「わたしの椅子を返してください」で中央新人文学賞を受賞し、デビュー。2010年から3年連続で若い作家賞を受賞し、期待の作家として頭角を現す。2018年に「相続」(本書収録)で第63回現代文学賞を受賞。邦訳された作品に「火星の子」(斎藤真理子訳、『ヒョンナムオッパへ』所収、白水社)、「未来は長く続く」(斎藤真理子訳、『覚醒するシスターフッド』所収、河出書房新社)がある。

訳者について

古川綾子 ふるかわ・あやこ

神田外語大学韓国語学科卒業。延世大学教育大学院韓国語教育科修了。翻訳家。神田外語大学非常勤講師。訳書にチェ・ウニョン『わたしに無害なひと』『明るい夜』、キム・エラン『外は夏』『ひこうき雲』、キム・ヘジン『娘について』『君という生活』、ハン・ガン『そっと静かに』、ユン・イヒョン『小さな心の同好会』、イム・ソルア『最善の人生』などがある。

となりの国のものがたり 11

エディ、あるいはアシュリー

2023年8月26日　第1版第1刷発行

著者　キム・ソンジュン
訳者　古川綾子

発行者　株式会社亜紀書房
〒101-0051 東京都千代田区神田神保町1-32
TEL 03-5280-0261
https://www.akishobo.com

装丁　鳴田小夜子(KOGUMA OFFICE)
装画　千海博美
DTP　山口良二

印刷・製本　株式会社トライ　https://www.try-sky.com

Printed in Japan　ISBN 978-4-7505-1808-4　C0097

シリーズ〈チョン・セランの本〉

保健室のアン・ウニョン先生　斎藤真理子訳

屋上で会いましょう　すんみ訳

声をあげます　斎藤真理子訳

シソンから、　斎藤真理子訳

地球でハナだけ　すんみ訳

シリーズ〈キム・エランの本〉

ひこうき雲　古川綾子訳

シリーズ〈ものがたりはやさし〉

明るい夜　チェ・ウニョン　古川綾子訳